# 家康を愛した女たち

植松三十里



集英社文庫

# 目次

# 家康を愛した女たち

# 第一章　華《け》陽《よう》院《いん》

## 永禄《えいろく》二（一五六〇）年五月十一日駿府《すんぷ》・知源院《ちげんいん》にて

これはこれは元康《もとやす》どの。出陣前の慌ただしいときに、まして雨の夜に、こんな尼寺まで、わざわざお出ましとは。

あらまあ、こんなに濡《ぬ》れて。大事な時期に風邪でも引いたら、たいへん。この手ぬぐいを、お使いなされ。もう梅雨入りでしょう。

さあ、もっと灯《あか》りの近くへ。せっかく来てくれたのだから、この祖母に、よく顔を見せてくださいな。

いくつになられた？　十九？　あの小さかった竹千代《たけちよ》が、こんな立派になるとは。初めて駿府に来たときは、たしか八つでしたね。

思えば、あれから元服するまでの六年間、この尼寺で、そなたの世話をさせてもらったのは、本当に夢のようでした。

その竹千代が、こんなに立派な若者になったのですもの、私も歳《とし》をとるはずです。来年は、いよいよ古希ですよ。

いいえ、そんな昔話をしている暇《ひま》は、ありませんね。それよりも、このたびは、ご先鋒《せんぽう》、おめでとうございます。

尾張《おわり》の大高城《おおたかじょう》まで、そなたが兵糧を運ぶのでしょう。大高城は織田《おだ》方に囲まれて、もう籠城が長いし、さぞや飢えていることでしょう。無事に兵糧が届けば、どれほど喜ぶことか。

ご先鋒に続く今川義元《いまがわよしもと》さまの軍勢は、総勢二万とも三万とも聞いていますよ。今川さまとしては、いよいよ本腰を入れて尾張を手に入れ、それから美濃《みの》、近江《おうみ》、ついには都まで目指すのでしょうね。

対する織田方は数千とか。それを軽んじる声もあるけれど、まずは、そなたが織田方の囲みを破って大高城に入るのですから、なかなかの覚悟が要りましょう。

大事なお役目の前だし、今夜は、すぐに、お館に戻るのでしょう。出陣の準備がありますものね。

あら、ゆっくりしていかれるのですか。もう今日のお役目はおしまい？　それは嬉《うれ》しいけれど、でも本当に大丈夫ですか。

ゆっくり話をしたいと？　もちろん、私はかまわないけれど。かまわないどころか、大事な孫と話ができるなんて、本当は、とても嬉しいけれど。

そう？　それなら今宵《こよい》は少し話をしましょうか。もう私も歳だし、そろそろ、お迎えかと覚悟しているのです。お話しできる機会など、これが最後かもしれないし、前から伝えておきたかったこともあるから。

男の方のことについては、家が続く限り、誰かが書き残すでしょう。でも女の話は残らないから、聞いておいてくださいな。つまらない昔話かもしれないけれど。

何といっても、私が忘れられないのはね、そなたが人質として、初めて駿府に来たときのことですよ。

「わらわが祖母《ばば》ですよ。そなたの母上の母」と申したら、あなたは大きな目を、もっと大きく見開いて聞きましたよね。「どうして、母上の母上が、ここに？」と。

あのとき私は、はっきりとは答えませんでした。八つの子供には、難しい事情だと思ったから。以来、そなたは聞こうとはしませんでしたね。賢い子だから、聞いてはならぬことと自戒したのでしょう。

今日は、その理由も聞いてくださいましね。なぜ私が駿府にきたのか。そなたの両親もからむことだし、知っておく方がよいでしょう。

おしゃべり好きな年寄りの話だから、くどかったり、もう何度も聞いたことかもしれないけれど、それは許してくださいませな。

でも、この話だけは、初めて聞くと思うの。今まで、ずっと隠してきたことだから。

私はこんなふうだし、明るい人柄のように思われることもあるけれど、実は、とても悪い因縁を背負っているのです。

その証拠に、五人も夫を持ちました。それぞれ合戦で命を落としたり、急な病で亡くなったり、理不尽な離縁もあったりで、そのたびに再縁させられたのです。

因縁の悪さは、前世で悪行を働いたせいか、この世で悪行を重ねた因果か、どちらかだといわれます。私は現世の行ないが悪いのだと、後ろ指をさされました。

今でこそ、こんなに皺《しわ》だらけになってしまったけれど、昔は美人と、もてはやされたのですよ。想像もつかないでしょう。いえいえ、お世辞は要りませんよ。こんな祖母の自慢話など、笑ってやってくださいな。

でもね、だからこそ男を惑わすと、人からとがめられたのです。悪い因縁は顔のせいだと。何も、望んでこの顔に生まれたわけではないし、再縁を繰り返したのも、私の思いとは裏腹だったのに。

それゆえ因縁など、言いがかりだと腹を立てたこともありました。でも、さすがに五人ともなると、もしや私のせいかと、みずからを諫《いさ》めないわけにはいかなくなりました。

もともと私は尾張で生まれ育ち、年頃になると、緒川《おがわ》城主の水野忠政《みずのただまさ》どのから、妻にと望まれました。

緒川城はご存じでしょう。知多《ちた》という大きな岬の付け根あたりで、三河《みかわ》と尾張の国境近くです。今度、そなたが兵糧を運ぶ大高城も、そう遠くはありません。

ただね、水野忠政どのには、すでに正室の方がおいででした。そのため私の父は、この縁談をお断りしました。恥ずかしながら、私は父にとって自慢の娘でしたので。いくら相手が城持ちといえども、娘を妾《めかけ》にはしたくなかったのです。かなり身分違いではあったけれど、父は卑屈にはなりませんでした。

すると驚いたことに、忠政どのは正室を離縁してしまったのです。もともと不仲だったとは聞いていますが、結局、私は後添えとして緒川城に嫁ぎました。

でも、その結果、私は先妻と、その子供たちから恨みを買ったわけです。それが私に、よくない影を引き寄せたのかもしれません。

それでも子には恵まれました。ひとりめは元気な男の子。さらに年子で男児が続き、三人めとして授かったのが、愛らしい女の子。それが於大《おだい》、そなたの母です。私にとっては、人並みに幸せなときでした。

そうしているうちに、忠政どのが刈谷《かりや》に新しいお城を建てたので、そちらに移りました。以来、刈谷の水野といえば、少しは名の知られる存在になりました。

やがて岡崎《おかざき》の松平《まつだいら》家と戦うことになりました。このときの敵将は松平清康《きよやす》どの。そなたの父方のお祖父《じい》さまです。

結局は和議に至ったものの、水野の旗色が悪く、こちらから岡崎城に人質を出すことになりました。

忠政どのも私も、息子を出すものと覚悟していました。ところが驚いたことに、松平清康どのは私を名指ししてきたのです。清康どのは、まだ二十代半ばでしたが、若くして妻に先立たれておいでで、明らかに継室にという意図でした。

当然ながら、忠政どのは「妻は渡せない」と腹を立てました。でも建前としては人質ですから、拒んだら、せっかくの和議が手切れになりかねません。結局は拒み切れませんでした。

私は、まだ幼かった子供たちを、乳母《めのと》に預けて行くことになり、身を切られる思いがありました。

かくして岡崎城主の松平清康どのが、私のふたりめの夫になりました。いくら若いころの話といっても、そなたの父方の祖父と、母方の祖母が一緒になるなど、ややこしい話でしょう。でも、その後、もっとややこしくなるのですよ。

再縁して、さほど経《た》たないうちに、たいへんな事件が起きました。清康どのが家臣に斬り殺されたのです。勘違いの恨みから起きたことでしたが、若き当主の突然の他界に、松平の家中は大騒ぎになりました。

ただし清康どのには、先妻との間に世継ぎの男児がおりました。そなたの父、広忠《ひろただ》どのです。まだ十歳でしたが、家臣たちが盛り立てて、なんとか家名断絶の危機を乗り切ったのです。

広忠どのが元服してから、正室として迎えたのが、私が刈谷城に泣く泣く置いてきた娘、於大でした。数年ぶりに、私は実の娘と一緒に暮らせるようになったわけです。若い夫婦は円満で、ほどなくして、そなたが生まれました。於大に似て、目の大きなかわいい子でした。

竹千代と名づけられたのは、松平家代々の長男の名だからです。清康どのも広忠どのも、幼名は竹千代でした。

これで跡継ぎができたと、松平の家中こぞって大喜びしました。水野との縁は深まり、同盟の絆《きずな》は、いよいよ磐石《ばんじゃく》になったのです。

私自身、実の娘と暮らせるだけでなく、孫まで抱けて、ふたたび幸せがめぐりきた思いでした。

ただ、その翌年、於大の父親で、私の最初の夫でもあった水野忠政どのが、刈谷城で亡くなりました。五十一歳でしたので、立派な往生です。

刈谷城主の座を継いだのは、私の産んだ息子ではなく、先妻の子だった水野信元《のぶもと》どの。

そのころ尾張では、織田家が勢力を伸ばしていました。刈谷城の目と鼻の先まで、織田の支配が迫り、信元どのは、その勢いに恐れをなして、織田と手を結んでしまったのです。

それまでは松平家も水野家も、駿河《するが》の今川家に従っていました。今川家は三河から東の広大な地を治めており、図抜けた大大名でした。

でも信元どのが織田家と手を結んだということは、今川家から離れ、松平家とも手を切ったことになります。

松平家としては、於大は敵対した水野家の娘ですので、もう奥方にはしておけません。本来なら人質ですから、斬り捨ててもかまわぬ存在でした。

でも広忠どのは十九で、於大は十七。広忠どのとしては、愛《いと》しい妻の命を奪うなど滅相もなく、離縁して刈谷に帰すことになりました。情けなく思いつつも、今川家にそむくわけにはいかず、それしか道はありませんでした。

そなたは、まだよちよち歩きの赤ん坊でしたけれど、松平家にとっては大事な跡継ぎ。於大が連れていくことはできません。

いつもは聞き分けがいい子なのに、別れを察したのでしょう。母の袖をつかんで大泣きしました。それを振り切っていく於大は、本当に哀れでした。

見ている方も、つろうございました。かつて私も幼い子供たちを、刈谷城に置いてきた経験がありましたし。涙、また涙の別れでした。

広忠どのは於大を輿《こし》に乗せ、警護役の家臣たちをつけて刈谷に向かわせました。でも家臣たちは、予想外に早く岡崎に帰ってきてしまったのです。

聞けば、水野家の領土に入る直前に、於大が命じたとのこと。

「ここまででよい。もうすぐ水野の迎えが来るであろうし、あとは侍女たちと歩いて行く。そなたらは、ここから岡崎に引き返すがよい」

家臣たちは当惑顔で申したそうです。

「それでは私どもの役目が果たせません。もしも奥方さまが途中で襲われでもしたら」

でも於大は同行を許しませんでした。

「このまま刈谷の城まで行けば、そなたらは捕まる。そういう兄なのじゃ」

家臣を捕まえて、広忠どのに「返してもらいたくば、織田方につけ。つかねば皆殺しだ」と迫るつもりだというのです。

於大は頑《かたく》なに、そう言い張って、警護の者たちを帰したそうです。

その後、最後まで於大について行った侍女たちから便りが届き、やはり刈谷では武装して待っていたとわかりました。

それを知った家中の者たちは、於大の判断に涙しました。その優しさに感じ入っただけでなく、「そこまで読み取れる聡明《そうめい》な奥方さまを、なぜ自分たちは手放してしまったのか」と、男泣きに泣いたのです。

刈谷に到着した於大からは、その後も内々に手紙が届きました。城の外の「椎《しい》の木《き》屋敷」と呼ばれる御殿で、侍女たちと、つつがなく暮らしているとのことでした。

でも刈谷城で十年以上を過ごしたことのある私には、そこがどんな場所か、よくわかっていました。

木々が鬱蒼《うっそう》と茂る中、大きな五輪の塔が、いくつも並んでおり、いわゆる霊場です。昔、そこで大勢が殺されたとか、流行《はや》り病《やまい》の者たちが押し込められたとか、怖い噂《うわさ》もあって、めったに人も寄りつきません。

於大は心配かけまいと、気丈な手紙を寄越《よこ》したけれど、水野信元どのに邪険にされているのは明らかでした。

何度も申しますが、もともと信元どのの母上は、私のせいで、離縁された方です。信元どのは私を恨み、於大のことも快く思っていなかったのでしょう。

幽閉は長く続きました。もともと於大は、おっとりした姫育ちながら、意思の強いところもあり、異母兄の言うことには、なかなか従わなかったのかもしれません。

私は於大が心安らかに暮らせるようにと、祈るばかりでした。

私自身は、もはや水野家に縁はなく、たとえ帰ったところで、受け入れてもらえるはずはありません。松平家と水野家が手切れになった時点で、人質として斬り捨てられるべきでした。

でも義理の息子に当たる広忠どのは、そんな建前にはこだわらず、私に仰せになりました。

「不本意かもしれぬが、家臣に下げ渡すゆえ、新しい暮らしに踏み出してもらいたい」

そのとき私は、もう四十を過ぎており、今さら再縁は恥ずかしい思いでした。できることなら出家して、亡き夫の菩提《ぼだい》を弔いたいところでした。でも、そのころは、まだ私を貰《もら》い受けたいという方がいたのです。星野秋国《ほしのあきくに》どのという武将です。秋国どのは喜んで私を迎えてくれましたが、ただ合戦のたびに動員され、結局、討ち死にいたしました。

四人めが菅沼定望《すがぬまさだもち》どの。この方も討ち死に。そして五人めが川口盛祐《かわぐちもりひろ》どので、一緒になってほどなく病死されました。

それぞれ暮らしは短こうございましたが、どの夫にも大事にしてもらえました。ただ何度も再縁が繰り返されるにつれ、私は裏のからくりに気づきました。どの再縁先でも、後家になった私を、まだ貰い手があるうちに、よそにまわそうという意図があったのです。

そうでもしない限り、死ぬまで私の面倒を見なければなりません。わずかな間、先代と縁があったからといって、息子の代でも扶養し続けるなど、割りに合わぬことです。

私は夫に先立たれるたびに、出家を望みましたが、寺に入るにしても、相応の寄進をしなければなりません。そんなお金をかけるくらいなら、他家に押しつけた方が容易《たやす》いでしょう。

私には、もう居場所がないのだと自覚しました。「美人だから妻に」などという話ではなく、まさに、たらいまわしだったのです。心底、情けないばかりでした。

私が「因縁が悪い」と、後ろ指をさされるようになったのは、このころでした。最初の夫の水野忠政どのが、私を妻にする際に、先妻を離縁したのが悪縁の始まりだと、誰もがささやきました。

そんな噂が立ってからというもの、さすがに六人めの夫として名乗り出る方は、おりませんでした。武将は、ことさら験《げん》を担ぎますしね。

もう再縁させられるのは、こりごりなのに、行き場がないというのも、本当に哀《かな》しいものです。自分が、誰からも、どこからも必要とされないのですから。

でも転機がやってまいりました。六歳になった竹千代が、人質として岡崎から駿府に送られてくることになったのです。

松平の家中で内紛があり、広忠どのの手に余るため、今川家に援軍を頼んだそうなのです。今川家では援軍の見返りとして、人質を求めたとのこと。

私は心を決めました。この機を逃さずに出家して、竹千代を育てさせてもらおうと。思い切って今川さまのお館に参上し、義元さまにお願いしたのです。

「松平の若君が、人質として駿府に送られてくるのであれば、この祖母が尼になり、ぜひともお世話させていただきとうございます」

義元さまといえば雲の上の方。もう声が震えました。これを受け入れていただけないなら、本当に私には行き場はなく、もはや死ぬしかないという覚悟でした。

するとと義元さまは、あっけないほど、すんなりと了承してくださったのです。

「ほお、母方の祖母とは願ってもないことよ。人質というても、粗略に扱うつもりはないゆえ、大事に育てるがよい」

義元さまのお口添えで、私は真言宗の知源院に入ることができました。駿府のお館から、東にほどない尼寺。もう、おわかりでしょう。このお寺です。

私は頭を丸め、白頭巾を被《かぶ》って、こうして尼僧姿になりました。あなたを育てるという生きがいを持って、ずっと、ここに居ていいということが、本当に嬉しゅうございました。

まして今までの夫たちの菩提を弔えるし、血のつながった孫の世話までできるとは、夢のようでした。

あとは竹千代が来るのを待つばかり。でもことは、そう簡単には進みませんでした。

竹千代の一行が、そろそろ着くかというころになって、私は義元さまから「館に来るように」と命じられました。

いよいよ到着かと、わくわくしながら、お館に出向いてみました。すると義元さまが固い表情で、驚くべきことを仰せになったのです。

「竹千代は来ぬ。織田方に身柄を奪われた」

私は、にわかには意味が呑《の》み込めませんでした。幼い子供とはいえ、警護の侍たちが岡崎から同行していたはずなのに、誰が、どうやって身柄を奪うのか。

そなたは、ご自身のことですから、覚えておいででしょう。そうそう、騙《だま》されて船に乗せられ、織田方に売られたのです。

詳しい事情も知っておいでかしら。よくは、ご存じない？　まだ幼かったから、誰も説いて聞かせなかったのですね。ならば教えましょう。

ことの発端は、松平広忠どのの再婚にありました。広忠どのは於大を離縁してから、戸田康光《とだやすみつ》という武将の娘を、後妻に迎えたのです。

三河湾の南には、外海と湾を隔てる細長い渥美《あつみ》半島が、東から西へと伸びています。戸田家は、そこの領主で、海や船に通じた武将でした。

戸田康光にとって竹千代は邪魔者でした。そなたがいる限り、たとえ自分の娘が男児を産んだとしても、松平家の世継ぎにはなれぬからです。

そんな状況で、竹千代が人質として駿府に送られると聞き、戸田康光は策をめぐらせました。まずは広忠どのに、こう勧めたのです。

「三河湾を船で渡り、渥美半島に上陸すれば、駿府までは平坦《へいたん》な道のりで、子供づれには楽ですぞ」

竹千代は輿に乗りますが、ほかにも家臣の子供たちが一緒でしたし、広忠どのは、これを妙案と受け入れてしまいました。そして金田与三左衛門《かねだよそうざえもん》という家臣を警護役としてつけ、竹千代一行を岡崎城から送り出したのです。

一行は予定通り、船で三河湾を渡り、渥美半島に上陸しました。すると戸田康光の息子が迎え出し、さらに海路を勧めたのです。

「今日は海が穏やかで、ちょうどよい風も吹いています。ここから先も、わが家中の船で送りましょう」

外海の遠州灘《えんしゅうなだ》に出て、一気に駿河湾に向かえば、わずか半日で清水港に着き、そこから駿府までは、ほどない距離とのこと。

警護役の金田与三左衛門は、この勧めに乗りました。ところが船が進むにつれ、妙だと感じました。三河湾から外海に出たら、左手に陸地が見えるはず。なのに右側に陸が続き、日差しの方向も変でした。

金田が詰問すると、戸田家の家臣や船乗りたちが、いっせいに刀を抜いて一行を取り囲んだのです。はかられたとわかっても、船の上では、どうすることもできません。

右手に見えていた陸地は知多半島。どんどん船は伊勢湾《いせわん》を北上していって、尾張の港である熱田《あつた》に入りました。

戸田康光は最初から竹千代を、織田方に売り飛ばすつもりだったのです。金田は甘言に乗ったことを激しく悔い、熱田でお腹を召して果てたそうです。そなたは、さぞや怖かったことでしょう。

織田方では思いがけぬ人質の到来に喜び、戸田康光に五百貫とも千貫ともいう大金を支払って、竹千代を手に入れたとのこと。

そんな取引の最中《さなか》、金田の家来が命からがら岡崎まで逃げおおせ、ことの次第を広忠どのに知らせました。

そこから駿府の義元さままで、今度は早馬で伝えられ、私が、お館に呼ばれたという次第でした。

私は地獄に突き落とされた気がしました。あれほど心待ちにしていた竹千代が、敵の手に渡ってしまったとは。

織田家では岡崎城に対して、「竹千代の命が惜しくば、今川を離れて、織田の味方につけ」と求めてくるのは目に見えています。でも広忠どのが、どう判断するか。

ほどなくして、松平家が竹千代を見捨てたとの知らせが、駿府に届きました。広忠どのは、たとえ大事な息子を殺されたとしても、今川からは離反しないと誓いを示したのです。私は目の前が暗くなりました。

一方、義元さまは、広忠どのの誓いを受けて、派兵を決断されました。裏切り者の戸田康光を討つために、渥美半島に軍勢を送ったのです。

大将は義元さまの軍師、太原雪斎《たいげんせっさい》さま。徳の高い僧侶でありながら、合戦上手で、たちどころに戸田家を攻め滅ぼしました。

でも、そなたの行方は、杳《よう》として知れません。義元さまは、ふたたび私をお呼びになって仰せになりました。

「おそらく織田方では、竹千代を殺しはしまい。殺してしまえば、それきりだが、生かしておけば、いつか役に立つかもしれん。私なら、そうする」

そして約束をなさいました。

「いずれ機を見て、竹千代の身柄は、かならず取り戻すゆえ、待っていよ」

私は、それを信じて、尼として修行に励むことにいたしました。

漢文の読み書きができなければ、読経も写経もできません。幼い頃から仏門に入れば、とうにできていることですが、私は五十代半ばで手習いを始めました。

経文には生きるための大事な教えが書かれており、今まで不幸続きと、わが身を恨んで生きてきたことを、悔い改めることができました。

ある日、見知らぬ男が、私を訪ねてまいりました。その男は於大からの使いの者だと申して、文を差し出しました。

　私は半信半疑で開いて息を呑みました。まさしく於大の筆で、こう書いてあったのです。

「えがたきもの熱田にとどき候《そうろう》。こちらより心くばりいたし候ゆえ、ごあんじめされぬよう」

　謎かけのような文でしたが、途中で手紙が奪われたときの備えだと、すぐにわかりました。得がたきものとは竹千代のことにほかならず、於大が熱田にいる竹千代に気を配っているというのです。

　使いの者に詳しく聞くと、於大は「椎の木屋敷」での三年に及ぶ幽閉の後、久松俊勝《ひさまつとしかつ》という織田方の武将に、再縁させられたというのです。

　久松俊勝どのは知多半島の中ほどの領主でした。城は小さいながらも、於大は大事にされているとのこと。

　使いの者は、こうも申しました。

「竹千代さまは、小姓としてついていった子供らと一緒に、熱田の羽城《はじょう》においでです」

　そなたは覚えているでしょう。熱田の港に近い、織田方の平城だそうですね。

　於大が再縁した久松俊勝どのは、度量の広い方でした。竹千代の件を知ると、於大の気持ちを汲《く》んで、ひそかに文や贈り物などを、あなたのところまで届けさせてくれたとか。

熱田は知多半島の、ちょうど付け根辺り。久松家から近く、やり取りしやすい場所だったのも、運のよいことでした。

私は、どれほど安堵《あんど》したことでしょう。竹千代が無事で、まして実母の於大が見守っているのですから。

そなたには母からの心づかいは、大きななぐさめでしたでしょう。ああ、そう。やはり、そうでしたか。何より励まされたのですね。

ともあれ私は使いの者に、こちらの様子を詳しく話し、於大に伝言を頼んで帰しました。

使いの者は久松俊勝どのの家臣でした。織田方の侍が、今川の館がある駿府まで使いするなど、りっして楽な役目ではありません。それでも使者を立ててくれた久松どのに、私は感謝して手を合わせました。

でも、良いことばかりは続きません。今度は岡崎から恐ろしい知らせが届きました。なんと松平広忠どのが、家臣に殺されたというのです。二十四歳という若さでした。何か恨みをかったらしいというだけで、理由は定かではありません。

そなたのお祖父さま、清康どのも二十代半ばで家臣に殺されたのです。二代続けての主人殺しとは。そのうえ、どちらも村正《むらまさ》という刀が使われたために、因縁めいたものを、誰もが感じました。

広忠どのが亡くなると、義元さまは、すぐに岡崎城に城代を送り込みました。もし、このまま竹千代の身に何かあったら、松平家は断絶に至ります。

そのために竹千代を取り戻すべく、また太原雪斎さまが策を打ちました。まずは三河安城《あんじょう》を攻撃したのです。あらかじめ人質交換を見据え、城主の織田信広《のぶひろ》どのを、みごとに生捕りにされました。信長どのの腹違いの兄に当たる方です。

義元さまは、さっそく竹千代との人質交換を、織田家に持ちかけたのです。私は全身全霊を込めて祈りました。織田家が交換に応じてくれるようにと。

はたして願いは届けられました。とうとう竹千代が駿府に来ることになったのです。何度、私は喜ばされたり、落胆させられたりしたものでしょう。でも今度こそはと待ちました。

そなたの乗った輿が渡し船に乗せられて、お館の西に流れる安倍川《あべかわ》を渡ってきたときのこと。

ああ、この話は、もう何度も話しましたね。でも、あのときの嬉しさといったら、この祖母にとって、いくら話しても話し足らぬことなのです。

岡崎から仕立てられてきた立派な行列の様子も、今もまぶたに残っています。何人もの騎馬侍が輿の前後につき、若い近習《きんじゅ》や大勢の雑兵《ぞうひょう》も従えて、それはそれは堂々としたものでした。

そなたは広忠どのに、いちどは見捨てられたけれど、どれほど岡崎城で、この若君を大切にしているかが、推しはかられる行列でした。

一行が駿府の町に入ると、往来には町方の者どもが鈴なりで迎えました。これで駿河と三河との絆は磐石だと、誰もが喜んだものでした。

それでも私は、万が一、輿が空だったらと、不安が捨てられませんでした。ずっと嫌なことばかり続いたので、つい悪い方に考えが向いてしまうのです。お館に呼ばれて、この目でそなたの姿を見て、ようやく胸をなでおろしました。

かつて岡崎城で私が愛《いとお》しんだ竹千代は、赤ん坊だったけれど、もう八歳の少年になっていましたね。目の大きいところは変わらず、いかにも賢げな顔立ちで。於大の幼いころに、よく似ていました。

この祖母は、会えたのが嬉しくて嬉しくて、涙がこぼれそうでした。そのときでしたね。そなたが「どうして、お祖母《ばば》さまが、ここに？」と聞いたのは。

たしか私は「そなたの世話をするために、ここにいるのですよ」と、答えた覚えがあります。それは本当のことでしたし。そなたが駿府に来てくれなかったら、私には生きる甲斐がありませんでした。

　すると義元さまが仰せになりました。

「竹千代には学問をさせよう。師は雪斎じゃ」

　義元さまは、いかに学問が大事かを、よくご存じでした。漢文が読めれば、唐《とう》の国の軍学書や歴史書が読めて、合戦はもちろん、国の治め方にも役立つと、お考えでした。ましてや師は、優れた軍師の太原雪斎さま。竹千代は人質というより、客人の扱いでした。

　岡崎から警護してきた松平の家臣たちも、その待遇に安心して帰っていきました。

　そなたは同じ年頃の小姓たちと一緒に、この尼寺で暮らしたけれど、近習の中でも元服を過ぎた者たちは、門前に家を借りて、日々の守りについてくれましたね。

　尼寺の内と外とで、十人近くはいたでしょうか。皆、育ち盛りですから、もう食べるわ食べるわ。その量と勢いには、ただただ驚かされました。

　山盛りにした飯茶碗《めしぢゃわん》が、あれよというまに空になり、元気な「おかわり」の声が飛び交って、気がつけば大釜の中身が、すべてなくなっているのです。

　私は若い尼僧たちと一緒に、袖をたすき掛けにして、食事のたびに大奮闘でした。たちまち米俵は空になって、何度、岡崎から届けてもらったことでしょう。

よく食べるせいで、みんな、どんどん背が伸びて、着物の裾も袖も、たちまち短くなってしまうし。夜は夜で私も尼僧たちも、針仕事に追われたものです。全員分の小袖と袴《はかま》、武術の道着、そして寝巻きまで、いちいち肩上げや裾上げをしました。季節が変われば、着物をほどいて、洗い張りや仕立て直し。

あと、たいへんだったのが、お布団ですよ。毎日、干すだけでなく、みんな寝相が悪くて、布団のがわが破れてしまい、しょっちゅう綿の打ち直しでした。

それ以外にも、誰かが怪我《けが》をしただの、お腹《なか》を下しただのと、次から次へと何かが起きるのです。細かいことでは、髷《まげ》を結えないだの、帯が見つからないだのと。取っ組み合いの喧嘩《けんか》は日常茶飯事だし、負けて大泣きする子はいるし。泣いたりわめいたり、怒ったり笑ったり。毎日、もう大騒ぎでしたね。

私は、わが子を育てたことがなかったので、子育てが、これほどたいへんなものかと驚きました。でも、それまでになく生きがいのある日々でした。

特に駿河は温暖で、海の幸も山の幸も豊富ですから、そなたの膳を賑《にぎ》やかにするのが、私には何よりの楽しみになりました。なにしろ血を分けた孫ですし、可愛《かわい》くて可愛くてなりませんでした。

そなたらは雪斎さまがご住職を務める臨済寺《りんざいじ》に通いましたね。場所は賤機山《しずはたやま》の麓です から、お館の北側をまわっていくのは、最初は子供には少し遠いかと案じましたが、皆で元気に歩いていく姿を、今では昨日のように思い出します。

皆が出かけた後は、ほっとする間もなく、尼たちと一気にお掃除でした。どれほど口うるさく言っても、縁側には泥が上がってしまうし。肌着や手ぬぐいの洗濯も、毎日、たいへんな量でした。

静かなのは、そのときだけで、帰ってくると、また大騒ぎ。でも、そなたは私に、きちんと挨拶して、その日、若いお坊さまから習ったという漢字を、よく見せてくれましたね。

近習たちは、お習字だけだけれど、雪斎さまがお出かけでない限り、そなたひとりだけ別室に呼ばれて、お話をうかがうとか。それが少し誇らしげでした。

あるとき、そなたは「私と皆の膳は、いつも同じにしてください」と言い出して、私をびっくりさせました。

それは雪斎さまの仰せだったのですね。「若君だからといって、ひとりだけ贅沢《ぜいたく》をしてはいけない」と。私もなるほどと思い直し、その日からは皆、同じ膳に改めました。

あなたたちの大好物だったのが海老《えび》でしたね。清水の港で、たくさん獲《と》れると、棒手振《ぼてふ》りの者が心得ていて、この尼寺まで山ほど運んでくるのです。それを買って、大鍋で茹《ゆ》でて出すと、みんな「熱い、熱い」と言いながら、手づかみで湯気の立つ赤い皮を剝《む》いて、大きな口を開けて頰張り、あれよという間に大皿が空になったものです。いよいよご飯も進みましたね。

ものも言わずに、ご飯を頬張り、大釜が空になって、ようやく「ああ、美味《おい》しかったァ」と言ってくれるのが、この祖母には何より嬉しいことでした。

そんなことを思い出すと、泣き笑いになってしまいそう。

ほかにも雪斎さまからは、いろいろなお話をうかがってきては、私に教えてくれましたね。中でも感じ入ったのは、広忠どののことでした。

雪斎さまは、こう仰せだったとか。

「そなたの身柄が織田方に奪われたとき、父が、そなたを見捨てたことを恨んではならぬ。大名は家族への未練を断ち切って、家中のためになる道を選ばねばならぬのだ。そなたも家族よりも家臣を重んじよ」

また、こうも仰せでしたね。

「家族よりも家臣、家臣よりも他人にこそ、気を配らねばならぬ。自分に近い者ほど信頼できる。信頼できる者の扱いは軽くてよい」

義元さまが竹千代に、よくしてくださるのは、竹千代が他人だからだと聞いて、私も腑《ふ》に落ちました。よき扱いを受ければ、義元さまに恩義を感じ、信頼できる家臣になりますもの。

また雪斎さまは、こんなことも仰せでしたよね。

「信頼できる家臣が、合戦で手柄を立てても、たいそうな褒美を与えてはならぬ。家臣どもは褒美が欲しくて、合戦を心待ちにする。それでは、いつまでも合戦はなくならぬ」

私は驚きました。合戦がなくなるなど、考えたこともなかったからです。都で応仁《おうにん》の乱が起きたのは、私が生まれるはるか前のこと。以来、あちこちに合戦が飛び火し、ずっと続いています。それが当たり前でした。

でも雪斎さまのお考えは違いました。

「合戦をするのは何故《なにゆえ》か。私利私欲のためではない。合戦なき世を作るためじゃ。最後のひとりまで勝ち残った者が、天下を統一する。それ以外の武将たちは、その配下に入って天下統一を支えるか、そうでなければ滅び去る」

その話を聞いたときに、私は胸がふるえました。竹千代は素晴らしき師を得たと気づいたからです。合戦が当たり前の世で、合戦なき世を作るなど、常人には思いもよらぬこと。

私の五人の夫たちのうち、ふたりが討ち死にです。合戦がなければ哀しみもなく、私がたらいまわしされる情けなさも、なかったはずでした。

もうひとつ心に残った教えがありました。

「失敗から学び、それを忘れるな。合戦は負けたときが学びの好機じゃ。それを生かせれば次は勝てる。そうして最後のひとりになるまで、勝ち残れ」

なるほどと納得するばかりでした。

そんな暮らしが一年か二年、続いたころ、たまたま雪斎さまと行き合う機会がありました。そのとき雪斎さまは、私に仰せになりました。

「竹千代は賢い。教えれば呑み込みが早いし、自分で深く考える。そのうえ、それをひけらかさぬ。うまく育てれば、最後まで勝ち残って、天下を取れるかもしれぬ」

私は喜ぶどころか、あまりにとてつもない話に、そら恐ろしい気がしたものです。

そのころから今川家の先行きを危ぶむ声も、聞かれるようになりました。氏真《うじざね》さまの武将としての器量を疑い、先々、御家《おいえ》を背負っていかれるのかと、重臣たちが案じ始めたのです。

雪斎さまも内心、そうだったのでしょう。だからこそ、そなたに期待をかけられたのかもしれません。

でも私には重い期待でした。わが孫だからこそ、できれば平穏無事にと望まずにはいられなかったのです。

そなたが、この尼寺を出ることになったのは、十四歳の元服のとき。今川義元さまの元の字を頂いて、最初の名前は元信《もとのぶ》でしたね。元康と改めたのは、それから、また何年か後だったかしら。今度は松平のお祖父さま、清康どのの康の字を頂いたのですよね。

いずれにせよ元服のときには、私は涙がこぼれました。八歳から六年間、祖母としての役目を果たし終え、肩の荷を下ろした思いはありました。でも明日から、もう竹千代はいないのだと思うと、つい。

そなたの別れの挨拶を、今でも覚えています。声変わりしたばかりのかすれ声で、胸を張って言ったのです。

「お祖母さま、私は合戦なき世を作ろうと思います」

私は驚いて、すぐに聞き返しました。

「雪斎さまが、そうせよと仰せだったのですか」

すると、そなたは首を横に振りましたね。

「いいえ、自分で決めたことです」

そのときも私は、とてつもない話に戸惑いました。でも元服した男子が自分で決めたのなら、あれこれ口出しすべきでないと自戒して、せいいっぱい励ましを口にしました。

「そう、それなら、祖母は楽しみにしています。でも、それは並々ならぬことですし、なぜ、そんな覚悟を決めたのか、この祖母に聞かせてはもらえぬか」

すると、そなたは少しためらったけれど、打ち明けてくれましたね。

幼いころから、ずっと寂しかったと。なぜ自分には母がいないのか、ずっと情けなかった」。人質に出て、まして織田方に売られたときは、本当に怖かったと。

それは、そうでしょう。そなたらを今川に送り届けるはずだった金田与三左衛門が、切腹して果てたのですから。

そなたは祖母に、こうも打ち明けてくれましたね。

「そんな心細いときに、母上から手紙が来たのです。自分にも母がいたのかと、それが嬉しくて」

織田方では読み書きを教わらなかったので、最初は人に読んでもらったけれど、何度も開いて見ているうちに、文面も文字も、すべて覚えてしまったそうですね。それからは手紙が届くたびに、本当に励まされる思いがしたのでしょう。

「母上が私と別れた理由を知ったのは、もっと、ずっと後のことでした。母上は泣きながら、私を置いていったと聞きました。何もかも合戦の世のせいです。合戦がなければ、母上も私も岡崎の城で、つつがなく暮らしていられたのに」

そなたは俯《うつむ》いて、そこまで話すと、急に顔を上げ、胸を張って言いましたね。

「だから私は決めたのです。合戦のない世を作ろうと」

大きな目が、うっすらと涙でにじんで、下瞼《したまぶた》の際が光っていました。

私は、そなたの熱い思いに感じ入りました。ずいぶん大人になったものだとも思いました。そして申しましたよね。

「そこまでの覚悟なら、祖母も楽しみに待ちましょう」

するとそなたは、とても嬉しそうな笑顔を見せてくれましたね。何もかも話し終えて、そなたは尼寺の門から出て行きました。たくましく立派な青年になった近習たちと一緒に。

その後ろ姿を、私は感慨深く見送りました。そなたが大人になった喜びや、別れの哀しみや、少しの不安も入り混じった思いで。

そなたたちは城下に屋敷を賜って、暮らし始めましたね。駿府の松平屋敷と呼ばれて、今も変わらず、皆で暮らしているのでしょう。

でも、その分、ここは、すっかり静かになって、私も若い尼たちも寂しくてなりません。もう誰も怪我もしないし、お腹も下さない。てんてこまいはせずにすむのに、それが、なんだか侘《わび》しくて。

尼たちと話すことは、あなたたちの思い出ばかり。少しも汚す人のいない部屋を、お掃除して、読経と写経のお勤めがすめば、あとは庭を眺めて、季節の移ろいを愛《め》でるだけ。

花が咲いたら咲いたで、あと何回、この花を見るのでしょうと、自分の歳を数え、紅葉が色づけば、これも、あと何回かと思いをはせるのです。あなたたちがいたころには、花も紅葉も目に入らなかったのに。

ごめんなさいましね。こんな愚痴を言って。でも、もう少しだけ聞いてくださいな。

太原雪斎さまが亡くなったのは、その年の秋も深まったころでした。ちょうど還暦で、立派な往生だったとうかがっています。

めでたいこともありました。義元さまが、ご自身の姪《めい》である瀬名姫《せなひめ》を、そなたに妻合《めあ》わせたのは翌々年でしたね。そなたは十六。新妻は、いくつか年上と聞きました。

初陣は、その翌年だったかしら。岡崎の北にある城が、織田方に寝返ったために、こちらから兵を起こし、今川方の勝利でしたね。

凱旋《がいせん》する軍勢を、私も尼たちも大勢に紛れて安倍川のほとりまで出迎えに行き、そなたの若武者ぶりには、ほれぼれいたしました。

そして去年の春、そなたは十八歳で父親になりましたね。生まれたのは待望の男の子。名前はもちろん竹千代。

私は早く会ってみたかったけれど、落ち着くまではと、ひと月ほど待って、そなたの屋敷を訪ねました。

もう桜も散って、青葉がまぶしい季節。そんな爽やかな縁側で、私は曽孫《ひまご》を抱かせてもらいました。

なんて可愛い子でしょう。ただただ愛しくて愛しくて、いつまでも抱いていたいほどでした。幸せとは、こんなときなのだと、つくづく感じ入りました。

でも愛しさのあまり、帰りがけに、そなたに申しましたよね。

「雪斎さまの教えを忘れぬようにな」

もしも、この子が人質となって、わが子の命か、家中の安泰かを選ばねばならぬとき、どうすべきか、それを質《ただ》したのです。

するとそなたは、はっきりと答えました。

「わかっています。家族よりも家臣たちを、大事にしていくつもりです」

私は安心して尼寺に戻り、以来、竹千代に会うのは遠慮しました。そなたは、もう一家の主《あるじ》。いつまでも祖母が関わるのも、独り立ちできないようで、人に笑われますもの。私の役目は、もう終わったのです。


このたびの挙兵を、義元さまが決められたのは、つい先ごろでしたね。長年にわたって繰り返してきた織田方との合戦を、これで終わりにするために、大軍を挙げることにされたと聞いています。

そなたは岡崎にいる松平の家臣たちを率いて、尾張の大高城へと兵糧を運び込むのでしょう。

大高の城主は鵜殿長照《うどのながてる》どの。鵜殿家は今川の御一門だし、飢えて困っているのを助けて差し上げられれば、さぞや、そなたのお手柄になりましょう。

でも油断めされますな。勝負はときの運。縁起が悪いと嫌がられるかもしれませんが、私の夫たちは、自信満々で出かけていって、二度と戻ってきませんでした。

たしか雪斎さまも仰せになったと覚えがあります。「合戦は、いちばん悪い事態を見越しておけ」と。勝てば祝うだけでよいけれど、負けたときには、あれこれ大急ぎで対処しなければなりません。

今の織田家の当主、信長どのとは、そなたが熱田にいたころに、会ったことがあるのでしょう。十代なかばで、奇妙な風体だったそうですね。でも、どこか心惹《こころひ》かれる方でもあったと。

そなたが、まだ六つか七つのときに、そんなふうに感じたとは、どんな方なのでしょう。人数では劣勢なのだから、きっと死に物狂いでかかってくるでしょう。とんでもない奇策に出るかもしれません。

もしも、もしもですよ。万が一、今川方が負けるようなことになったら、そなたは、もう駿府に戻ってきてはなりません。

松平の家臣たちと一緒に、岡崎の城に帰りなさい。状況次第では今川の配下から抜けて、織田方に寝返ってもかまいません。

え？　そうなったら、私が今川の人質になってしまうと？　そうですね。ここに残っている限り、人質として扱われるかもしれません。

でも老い先の短い身ですから、私のことなど気にかけてはなりません。もともと因縁の悪い祖母ですし。それに雪斎さまの「家族よりも家臣を大事に」という教えを、しっかり守りなさいませ。

私も武家の女です。いつでも覚悟はできています。人は、いつかは死ぬもの。それが遅いか早いかの違いがあるだけです。私は、もう充分に生きました。

今、そなたの姿を見て、特に、その思いを新たにしました。こんな立派な若武者を、育てさせてもらったのですもの。この歳まで生きた甲斐《かい》があったというものです。

そなたの奥方と竹千代のことも、案じることはないでしょう。人質同然の立場になったとしても、瀬名姫は義元さまの姪なのだから、まず命を取られることはありません。幼い竹千代も同じです。

逆に今川方が勝ったときには、そなたが岡崎城に帰れるよう、義元さまにお願いなさいませ。もう十一年も駿府にいるのですから、そろそろ帰してもらってもよいでしょう。

そのためには手柄を立てなさい。ここまで手柄を立てたのだから帰してほしいと、堂々と頼めるように。岡崎城の家臣たちも、そなたの帰りを待ちわびていることでしょう。

それから、やはり今川方が勝利した場合ですけれど、できれば於大を気づかってやってくださいな。あちらは織田方だから、負けたら滅ぼされるかもしれません。熱田にいたそなたに、手紙や贈り物ができたのは、何より於大のふたりめの夫、久松久松俊勝どののおかげです。

それに於大は久松家で子を産んで、今は、そなたの異父弟たちもいるはずです。まだ幼いでしょうが、織田方として負ければ、おそらくは皆殺し。そうされぬように、どうか助けてやってくださいな。

それと、もうひとつ、もし今川から離反するようなことになったら、元康という名前も変えていいのですよ。康は松平から引き継いだ文字だから、そのままにして、「家中が康らかに」という意味で、家康などというのは、どうかしら。

長い長い話になってしまいましたね。でも、どうしても、そなたに伝えておきたかったのです。何より、この祖母のことは気になさいますなと。

さあ、もう、お行きなさい。え？　そなたも言っておきたいことがあるのですか。ああ、ごめんなさい。私ばかり話して。ええ、聞きますよ。なんなりと。

そうですか。初めて、この祖母と会ったときに、嬉しかったのですか。自分には母親だけでなく、祖母もいたと知って。そうでしたか。あのときは、そなたを驚かせただけかと思っていましたが、喜んでもらえたのですね。それならよかった。

え？　私が五人も夫を持ったのは、因縁のせいではないと？　合戦の世のせいと仰せか。なるほど、そうかもしれません。そう言ってもらえると、少しは心が和みます。

合戦のない世の中になったら、どれほどよいでしょうね。今日の話を聞いて、子供のころの夢を、少しでも思い出してくれたら、嬉しいけれど。

そう？　そなたも、そう思って、今日、会いにきてくださったの？　いつか合戦なき世を作ろうと、決意を新たになさったのですか。元服したてのころと違って、そう簡単ではないことは、覚悟はされているでしょうけれど。

容易くないのは、私にもわかっていますよ。夢のままで終わるかもしれない。でも夢を見ましょう。そなたが最後のひとりまで勝ち残って、合戦なき世を作る夢を。なんだか、かないそうな気がしますよ。

いえいえ、育てた礼など仰せになりますな。そんなことを言われると、また涙が出てしまいます。それより私こそ礼を言わねば。

今まで、いろいろなことがありました。でも、そなたが八つから十四になるまでの六年、私の長い生涯で、たった六年でしたけれど、大事な孫の役に立てて、祖母として本当に幸せでした。

自分の子を育てられず、ついには行き場も失った私を、神仏が哀れんで、そなたを授けてくれたのかもしれません。あの六年間があったからこそ、もう何も心残りはありません。

今でも、ありありと思い出します。山盛りの飯茶碗が、次から次へと空になって。元気に飛び交う「おかわり」の声が、この耳の奥で聞こえます。あの湯気の立つ海老の赤い色も、目に焼きついています。

あんなふうに、お腹いっぱいご飯が食べられるような何気ない日々が、あんな幸せな日々が、どこの家々でも続く世の中を、どうか作ってくださいませな。

さあ、今度こそ、お行きなさい。おりよく雨も上がったようですし。まずは大軍のご先鋒として、手柄を立てられますように。

そして最後のひとりまで勝ち残って、いつかは泰平の世を作ってくださいな。きっと、そなたならできますよ。

# 第二章　築《つき》山《やま》殿《どの》

天正《てんしょう》七（一五七九）年八月二十九日浜松《はままつ》・佐鳴湖《さなるこ》近くにて

え？　こんなところで駕籠《かご》を降りるのですか。まあ、駕籠かきたちが揃《そろ》って腹痛？　急ぎの旅なのに、何ということ。

それにしても何を召したのですか。今日は残暑が厳しいゆえ、食べものには気をつけねば。侍女の誰かが、薬を持っていましょう。駕籠かきたちに分けておやり。いえ、遠慮は要りませんよ。

いずれにせよ、ここにいるわけにもいきません。急ぎたいところだけれど、今日は浜《はま》名湖畔《なこはん》まで戻って、宿を取りましょうか。

え？　もう浜松のお城まで、別の駕籠かきを呼びに行ったのですか。ここから、どのくらい？　半里？　そうですか。それほど近いのなら、浜名湖まで戻ることはありませんね。

まあ、この辺りは蚊の多いこと。道の両側が竹藪《たけやぶ》だから、そこから湧いて出てくるのでしょう。人通りも少ないし。でも誰ひとり通らないわけでもないのですね。ほら、また旅人が来ましたよ。

あら、蚊やりを焚《た》いてくださるの？　それはありがたいこと。

ところで、そなたたち、何という名だったかしら。岡本時仲《おかもとときなか》と、野中重政《のなかしげまさ》？　そなたが岡本で、そっちが野中ですね。ふたりとも昔からの松平の家来かしら。元康どのの覚えはよいのでしょう。

ああ、また元康どのなどと言ってしまいました。もう十何年も前から、あの人は家康と名を改めたのに。だいいち私は上さまと呼ぶべきなのでしょうね。

でもね、元康どのだったころを、私は忘れられないのです。あの人は優しかったのに、家康に名を変えてからというもの、人柄まで変わってしまったのです。

急に、こんな話をして、変に思われるでしょうけれど。でも交代の駕籠かきが来るまで聞いてくださいな。

あの人が、どうしてここまで疑《うたぐ》り深くなってしまったのか。岡崎のお城の片隅で、ひっそり暮らしている私に、どうして浜松まで釈明に来いなどと言い出したのか。

岡本も野中も、何か知っていたら、教えてくださいな。なんとか誤解を解きたいし。

ほら、侍女たちも一緒に、お聞きなさい。

思い返せば、あの人と初めて顔を合わせたのは、私が十歳のとき。竹千代と呼ばれていたあの人は、まだ八つでした。

　ましてて、あの人は年の暮れの生まれだから、生まれたときが一歳で、ほんの数日で年が改まって、すぐに二歳。だから八つといっても、もっとずっと幼く見えました。

　竹千代どのは幼いだけでなくて、おどおどしていましたね。人質として駿府に連れてこられたのですから、それも致し方ありませんけれど。

　私の方は、今でこそ、こんなふうに身をやつしていますけれど、「海道一の弓取り」と称された今川義元公の姪《めい》なのですよ。

　父は今川の御一門でしたし、母は義元公の妹。屋敷は駿府の城内で、私は瀬名姫さまと呼ばれて、それはそれは大事にされていました。

　あの人の方は私を見て「生意気そうだな」と思ったそうです。ずいぶん後になってから聞いて、人笑いをしたものですよ。そう、あのころは、よく笑ったものです。いつから、あの人も私も、笑わなくなってしまったのかしら。

　私の伯父上、今川義元公は立派な方でした。竹千代どのを粗略には扱わず、むしろ客人のように大事になさいました。今川家の忠実な家臣として、きちんと育ててやりたいと、思し召《おぼしめ》されたのです。

　それで、あの人の祖母《ばば》さまを出家させて、竹千代どのを育てるように命じられました。

祖母さまというのは、それまで根無草のように、あちこちの家に世話になっていた方でしたけれど。

最初に会ったきり私は長い間、竹千代どのと会うことはありませんでした。二度目に会ったのは、元服して松平元信と名を改めたころ。元信の元は義元の元。義元公を信じるという意味でしょう。

十四歳でしたが、まだ子供じみていましたね。だから父から「上さまが、そなたを元信どのに妻合わせたいと仰せだ」と聞いたときには驚きました。そして自分で義元公に、はっきり申し上げました。「あんな子供は嫌です」と。

すると伯父上は、苦笑いで仰せになりました。

「少し待て。あれは、なかなか見どころがある。あと二年もすれば、わしが姪を嫁にやるだけの若武者になる」

でも二年も経たないうちに、縁談はまとまりました。私は十七歳になっていましたので、嫁《ゆ》き遅れぬようにと、年内に決まり、輿入《こしい》れは翌年早々。あの人は十六歳になったばかりでした。

上背も伸びて、だいぶ顔立ちも男らしくなっていました。でも岡崎の城から送られてくる着物を、そのまま身につけていましたので、その垢抜《あかぬ》けないこと。

あのころ伯父上は、公家《くげ》やら優れた職人やらを、しきりに都から招いておいででしたので、駿府の町は華やかで、岡崎の田舎くささが、どうしても目立ったのです。

それで私が都から反物を取り寄せて、いろいろ見繕って仕立てさせたところ、とても見栄えするようになりました。翌年、十七歳での初陣は真新しい甲冑《かっちゅう》がよく似合い、若武者ぶりが駿府城下でも評判になったのですよ。

学問もよくできるようでしたし、たしかに伯父上が姪をやるだけのことはあると、だれもが納得したものです。私の両親にとっても、自慢できる娘婿でした。

その年に、あの人は松平元信から元康と名を改めました。当時、織田信長が尾張で暴れまわっており、今川方とも何度も合戦を繰り返していました。

織田家では代々、信の文字を名前に入れており、元信では織田方に通じたかのようでした。それで松平の祖父だった清康どのの康をもらって、元康に改名したのです。

翌年、私は長男を産みました。名前は、やはり竹千代。松平家代々、長男につける幼名です。あの人も喜びましたし、岡崎でも世継ぎができたと、家臣たちが喝采していると聞き、私も鼻が高い思いでした。

悪い方に転じたきっかけは、その翌夏の出陣でした。

織田信長の侵略は続いており、それを伯父上が一撃で仕留めようと、二万五千の大軍を尾張に進めたのです。織田勢を蹴散らしたら、そのまま都へ上るとも聞きました。

私は、ふたりめの子がお腹《なか》におりました。ちょうど臨月で、夫の出陣を見送ったのです。出産は、男が合戦に出るのと同じほどの覚悟が要ると申しますので、お互いに無事を祈ったものでした。

早馬が駿府の館に走り込んだのは、出陣から十日ほど経《た》ったときでした。

伯父上が桶狭間《おけはざま》で、織田方に首を取られたという知らせでした。それも奇襲で。私は信じられませんでした。海道一の弓取りと呼ばれ、大軍を率いていた伯父上が、首を？　ましてや奇襲で？

武将というのは、互いに正面から対峙《たいじ》し、正々堂々、名乗り合って戦うものです。自分の命を危険にさらしてこそ、相手の命を奪えるのです。奇襲など卑怯者《ひきょうもの》のやり口です。そんな卑怯者に命を奪われるなど、なんと伯父上の不運なことか。

衝撃の中でも、私には夫の安否が気がかりでなりませんでした。今川方が総崩れになって、夫も命を落とすのではないかと。

伯父上のご遺体は、首のないままで駿府に帰っておいででした。私は拝見しませんでしたが、本当に、おいたわしいお姿だったそうです。首は、とうとう戻らずじまいでした。

尾張の鳴海《なるみ》という城を守っていた今川の重臣が、周囲を織田方に囲まれても踏みとどまり、開城する条件として、最後に伯父上の首を引き取ったとのこと。

でも腐敗が進んで、とうてい駿府まで持ち帰れず、三河にある今川家ゆかりのお寺に、葬っていただいたそうです。駿府では、それを聞いて涙しない者はおりませんでした。

その一方で、あの人の消息がわかりました。伯父上が岡崎に城代として置いていた家臣、三浦上野介《みうらこうずけのすけ》が、血相を変えて駿府に戻ってきて、明らかになったのです。

あの人は、伯父上の討ち死にを確かめるなり、松平の家臣もろとも岡崎に戻ったそうです。でも岡崎城ではなく、松平家の菩提寺《ぼだいじ》に入ったとか。

城代の三浦は、すぐに入城するように勧めましたが、あの人は「主筋の今川氏真さまのお許しがなければ、岡崎城には入れません」と言うばかり。

伯父上亡き後、世継ぎの氏真さまが、すぐに今川家の当主になっており、その言い分は、たしかに筋としては通っています。

でも城代は身近に、わずかな家臣しか置いていませんので、もし松平の軍勢に襲われたら、とうてい勝ち目はありません。明らかに脅しでした。仕方なく三浦は岡崎城から出て、駿府まで逃げ帰ってきたのです。

空いた岡崎城に、あの人は悠々と入ったとのこと。私には信じられない話でした。私の夫ともあろう者が、今川家の城代を脅して、城を明け渡させるとは。まして主筋の許しがうんぬんなどと、詭弁《きべん》まで弄して。

私は周囲に顔向けができませんでした。偉大な伯父上が不慮の死を遂げて、家臣が力を合わせなければならないときに、よりによって私の夫が、そんな身勝手をするなんて。

こうなった以上、私も息子も人質同然の立場となりました。私は殺されてもいいけれど、二歳の竹千代が裏切り者の息子として、血まつりに挙げられはしまいかと、もう怖くて怖くてたまりませんでした。

でも父が励ましてくれました。

「おまえは義元公の姪なのだ。竹千代も同じ血筋だ。今川家で殺すはずがない。万が一、そんなことになったら、私が命がけで守るゆえ、案ずることはない」

そのうえ父は、あの人のことまで、かばってくれたのです。あの人の行動は、松平の家来どもにそそのかされた結果であり、本心であるはずがないと。

「元康どのが、大事な妻子を見捨てるはずが、ないではないか」

そう言われて、私は臨月の腹を抱えて泣きました。

そんなときに、あの人の祖母さまが亡くなりました。あの人を幼い頃から育てあげた尼です。

ずっと前から具合が悪かったとも、実は自害だったとも噂《うわさ》されました。やはり祖母さまも人質同然となったわけで、それを苦にしての自害に違いありません。

桶狭間での敗戦から、わずか十一日後の混乱の最中《さなか》でしたので、詳しい死因はわからずじまい。尼寺で早々に葬られたようです。

それにしても自分の妻子だけでなく、育ててくれた祖母さままで追い詰めるとは。たとえ家臣にそそのかされたとしても、なんという男でしょうか。

私が産気づいたのは、その祖母さまの死から、たったの五日後。まだまだ今川家中の混乱が続く中、実家で出産しました。生まれたのは女児で、亀姫《かめひめ》と名づけました。

生まれた十の顔を、ひと目でも見てもらいたいと、私は必死の思いで、あの人に手紙を書きました。なんとしても駿府にお戻りくださいと。

密《ひそ》かに岡崎まで送り届けさせましたが、返事はありませんでした。使いの者の話では、私の手紙は間違いなく読んだというのに。

私の心は揺れました。夫を信じ続けるべきなのか。それとも疑わなければならないのか。

亀姫を産んで以来、私は実家で暮らしました。城下の松平屋敷は、家来どもが合戦に出たままで、すでに空でしたので。

そのうえ松平屋敷は、裏切り者の家と見なされ、石を投げられるのは日常茶飯事で、鼠《ねずみ》の死骸やら汚物やらが塀越しに投げ込まれて、とうてい暮らせませんでした。

不安なまま月日は過ぎていきましたが、母は、ずっとなぐさめてくれました。

「きっと岡崎から迎えに来てくれますとも。今は、まだ来られない事情があるのですよ」

私は今日か、明日かと待ち続けました。

でも一年が過ぎ、さらに半年が過ぎようとしていました。その間、三河各地の武将たちが今川を見限って、続々と松平家に臣従したと聞きました。

そうして松平が力を伸ばす中、また衝撃的なことが知らされました。あの人が織田信長と、密かに手を結んだというのです。とうとう今川からの離反が確実になり、私は絶望いたしました。

義元公亡き後、今川家当主になった今川氏真さまに、父は呼び出されました。屋敷に戻ってきたときには、顔色が悪く、たいへんなお叱りをこうむったのは明らかでした。

なのに父は私に笑顔を向けました。

「気にするな。何ということもない」

そして四つになった孫の竹千代と、笑顔で遊んでやり始めたのです。竹千代を捕まえては軽々と転がしたり、わざと自分が大袈裟《おおげさ》に転んでみせたり。

いつもなら、どうということもない相撲遊びで、大笑いするだけですが、このとき私は泣いてしまいました。思い返せば、あの人が、そんなふうに竹千代と遊んでくれたことなど、いちどもなかったのです。

あの人が愛《いと》しかったからこそ、いなくなって不足が目につき、不足が不満へと変わり、不満が恨みへとつのっていきました。

でも、そのひと月後に、また意外なことが起きました。岡崎城から人質交換の申し出があったのです。

その辺の事情は、今さら私が話すこともありませんね。岡本も野中も、昔から松平の家来なのだから、よく知っていますでしょう。でも侍女たちには初めて聞くことだから、いちおう話しましょう。

岡崎の南、三河湾に近い辺りに、上ノ郷《かみのごう》という城があります。鵜殿長照どのという今川の御一門の居城でした。

鵜殿家は桶狭間の合戦前までは、尾張に近い大高城の城主でした。でも織田方に取り囲まれて、長い籠城戦になりました。兵糧が尽きて飢えに苦しんでいたところに、あの人が今川の先陣として兵糧を運び込んだのです。

鵜殿家では、それはそれは喜んだと聞いています。その後、鵜殿家は、大高城から三河湾近くの上ノ郷に、移封《いほう》になっていました。

そうまでして助けた鵜殿家を、よりによって松平の軍勢は襲い、鵜殿長照どのは討ち死に。年端もゆかぬ息子ふたりが生捕りにされました。そして、このふたりと、私と子供たち三人とを、交換しないかと持ちかけられたのです。

鵜殿長照どのの母上が、今川家の出でしたので、今川氏真さまは不本意ながらも、この申し出を受けました。

でも氏真さまは面と向かって、私を罵倒したのです。

「そなたも子供も、まるで人質の役に立たん。わが家中にいたところで、松平の抑えにはならんのだから、さっさと岡崎に行くがいい」

お怒りはもっともでした。でも私の両親は喜んでくれました。

「よかったな。そなたと子供たちを取り戻すために、松平家では、わざわざ上ノ郷城を攻め落としたのだぞ」

たしかに、あの人は人質交換の機を探っていたのだと思いました。だから一年半もかかってしまったのでしょう。恨みは一掃されました。

人質交換の当日、私は乳飲児《ちのみご》の亀姫を抱いて輿に乗りました。駿府から国境まで、父は騎馬で送ってくれることになり、母は四つになった竹千代と一緒に、別の輿に乗り込みました。今川の家臣たちが行列の前後を守って、街道を進みました。

三河からは国境まで、鵜殿家の息子ふたりが、一丁の輿に乗ってまいりました。

交換の直前まで、母は名残惜しそうに竹千代を抱いていました。そして別れのとき、亀姫を抱く私に、母は竹千代の小さな手を握らせ、「瀬名、達者でな」とささやいたのです。

愛馬のかたわらに立つ父は、一瞬、口角が下がったけれど、すぐに微笑《ほほえ》んでうなずきました。そして「瀬名、よかったな」と小声で申しました。

竹千代が、私の母と離れがたくて大泣きしました。その手を、しっかりとつかみ、私は父と母に頭を下げました。「お世話になりました」という思いを込めて。これが本当の嫁入りのようでした。

そして竹千代と亀姫とともに、松平家の輿に乗り込み、岡崎へと向かったのです。私にとっては初めて訪れる城でした。


山道を抜け、岡崎の平野に出てしばらくすると、寺の山門をくぐりました。建物の前で輿が下ろされたので、私は休憩だと思い、子供たちと外に出ました。

すると、そこに立っていたのです。あの人が、久しぶりに会う息子に笑顔を向けて。もう竹千代は父親を覚えておらず、私の後ろに隠れてしまいました。

一年十ヶ月ぶりの再会に、私は胸がふるえました。わざわざ迎えに出てきてくれるとは、思っていませんでしたし。ただ嬉《うれ》し泣きにくれるばかりでした。

それほど時間がかかったことで、もしや見捨てられたかと、不安を抱いたこともありました。でも夫の顔を見たとたんに、それが杞憂《きゆう》だったと確信したのです。

そこは総持《そうじ》寺という尼寺で、岡崎城は、まだ先ということでした。境内に苫家《とまや》が一軒、建っており、中に案内されると、木の香りが立ち込めて、いかにも新しい建物でした。

私たちは、そこでひと晩を過ごしました。竹千代は慣れぬ場所に寝つきが悪く、亀姫には夜にも乳をやらねばなりません。私は夫に会えた安心感と、旅の疲れが重なって、ぐっすりと寝入りました。

朝になって目を覚ますと、あの人はいませんでした。どこに行ったのかと、境内を探しましたが、昨日の輿も見当たりません。

すると髭《ひげ》の剃《そ》り跡も青々とした、強面《こわもて》の家臣が現れたのです。それは本多作左衛門《ほんださくざえもん》。岡本も野中も知っているでしょう。鬼作左《おにさくざ》と呼ばれる、あの怖い男です。

私が夫の行方を聞くと、もう岡崎城に帰ったとのこと。私たちを起こさずに帰ったとは、よほど忙しくて、急いでいたのかと申し訳なく、すぐに私も出発しようとしました。

すると鬼作左は、ぞんざいな口調で申したのです。

「城には行かぬ。ここが、おまえたちの住まいじゃ」

私は意味がわかりませんでした。

「住まいとは？」

「この建物は、わざわざ殿が、おまえのために建ててくださったのじゃ。ありがたく思え」

「え？　お城は？」

「今川の者は敵じゃ。城には入れぬ」

いよいよ耳を疑いました。

「今川の者？　私が？」

「そうじゃ。おまえは今川から嫁いで来たが、今川とは手切れになったゆえ、本来なら実家に帰されるところじゃ」

たしかに嫁ぎ先と実家が手切れになった場合、それまで絆《きずな》を務めていた妻は、実家に帰されます。それが合戦の世のならいなのは、充分に承知しています。

鬼作左は、いよいよ憎々しげに申します。

「だが竹千代さまの母堂ゆえ、こうして、ここに住まわせてやるのじゃ。ありがたく思え」

「でも、でも」

私は頭が混乱しました。

「でも、それなら、なぜ私たちを岡崎に連れてきたのですか。わざわざ人質交換までして」

鬼作左は傲然《ごうぜん》と言い放ちました。

「人質交換で取り戻さねばならなかったのは、竹千代さまと亀姫さまじゃ。だが母子を引き離すのは、あまりに哀れと、上さまが仰せになったので、竹千代さまの母堂も、一緒に引き取ることになったのじゃ」

私は顔や手足が冷たくなり、目の前が暗くなるのを感じました。私は松平家には無用の存在だったとは。

　そして鬼作左が、さっきから私を「竹千代さまの母堂」と呼んでいる意味にも気づきました。

「もしや、私は、もう離縁されているのですか」

　鬼作左は当然とばかりに答えました。

「むろんじゃ。今川とは手切れになったゆえ」

　私は知らないうちに「奥方さま」ではなくなっていたのです。

　鬼作左は肩をいからせて申します。

「われら家来衆は、竹千代さまと亀姫さまには乳母《めのと》をつけて城内で育てるよう、上さまにお勧めした。されど上さまは慈悲深く『それでは瀬名が、あまりに哀れだ』と仰せになり、幼い間だけは母堂に任せることになったのじゃ」

　いかにも感謝しろという口ぶりでした。

「もし文句があるなら、竹千代さまと亀姫さまだけ、お城で引き取る」

　私は声をふるわせました。

「あの人は、それで、よいと？」

「よいも悪いも、そう決まったのじゃ」

「それを、なぜ、あなたが私に聞かせるのですか。なぜ、あの人が話さぬのですか」

「それは上さまが、あまりにお優しくて、話せぬと申すからじゃ」

それが優しいというのは、男の勘違いです。私は、とうとう声を荒立てました。

「お優しい？　何が優しいのですかッ。何もかも家来に丸投げでッ。それで黙れと言われても、黙ってはいられませぬッ」

つい昨日、あの人が迎えにきてくれたのだと誤解し、私は、ぬか喜びしてしまいました。それが裏切られたからこそ、許せませんでした。

鬼作左も大声をあげました。

「文句があるなら、竹千代さまを連れてまいるぞッ」

そして竹千代に手を伸ばしたのです。私は一瞬早く息子を抱え、竹千代も私にしがみついて泣き出しました。そのまま私は亀姫にもにじり寄って抱き上げ、部屋の隅に縮こまりました。

「連れては行かせぬ。この子たちは私の子じゃッ」

たとえ殴られても蹴られても、けっして子供は手放すまいと、鬼作左に背を向けて、必死に子供たちを両腕で抱きました。子供たちは火がついたように泣き続けます。

そのとき心配そうな女の声がしました。

「どうなさったのですか」

振り返ると寺の尼でした。騒ぎを聞きつけて来てくれたのです。私は子供たちを抱いたまま、声を限りに叫びました。

「助けてッ。殺されるッ。この男に殺されますッ」

すると鬼作左はうろたえて、大声で言い放ちました。

「殺しなどせぬわッ。ただ、わしは、ただ竹千代さまを」

でも鬼のように怖い顔ですので、尼僧は信用せず、眉をひそめるばかりです。私は涙声で訴えました。

「竹千代も亀姫も、ここにいてよいと、上さまの思し召しです。それを連れ去ろうとは、この男は鬼です。鬼ッ、鬼ッ」

とうとう住職らしき老尼僧までもが、心配顔で駆けつけ、鬼作左は体裁が悪くなって、その場から逃げるように立ち去ったのでした。


それから私は、ぼんやりと暮らしました。私には岡崎にも駿府にも、もう居場所はないのです。こんなことを、もし両親が知ったら、どれほど嘆くことか。

私は亀姫に乳を与えるほかには、毎日、縁側から境内の木々や建物を眺めるくらいしか、することがありませんでした。掃除や洗濯は、若い尼僧たちが世話してくれます。

私は彼女たちに、つい愚痴をこぼしました。すると哀れんで、こう言ってくれたのです。

「何か私どもで、できることはありませんか。何をお望みですか」

私は無理と承知で話してみました。

「できることなら夫と話がしたい。あの人が本当に、私を見捨てたのかを知りたいのじゃ」

すると尼僧たちが申しました。

「お城の殿さまは、ときおり鷹狩《たかが》りに出かけられると聞いています。いつ、どこにおいでになるか、なんとか調べて、お会いになれるようにいたしましょう」

私は味方を得て、ようやく希望が持てました。

そんな矢先に、ひとりの行商人が、私を訪ねてまいりました。よく顔を見ると、実家の家来でした。行商人に扮《ふん》して駿府から来てくれたのです。

「よく来てくれました。父上も母上も、お元気か」

すると家来は目を伏せて言ったのです。

「やはり、お聞きではないのですね。もう松平の家中には知られているはずですが、もしや瀬名さまだけが、ご存じないのではないかと、お知らせにまいりました」

そのために、わざわざ敵方の地まで、危険を冒して来たというのです。私は意味が呑《の》み込めずに聞き返しました。

「何のこと？」

すると驚愕《きょうがく》の言葉が、家来の口から出たのです。

「ご両親が、ご自害なさいました」

一瞬、言葉の意味がわかりませんでした。

「じ、が、い?」

意味がわかると、今度は、なかなか言葉が出ませんでした。

「まさか」

声がふるえ出しました。

「そんなこと。嘘《うそ》、嘘でしょう」

「いいえ、本当です」

「なぜ?　なぜ、そんなことに?」

家来は悔しそうに申しました。

「氏真さまから『おめおめと娘を敵方に取られて、どう始末をつけるつもりじゃ』と責め立てられて、ご両親は揃って自害なされたのです」

たしかに私が去った後の、両親の身は気がかりではありました。でも私が駿府にいるよりも、岡崎に移る方が、気持ちの負担は減ると思っていたのです。

さらに家来は驚くべきことを申しました。

「おふたりとも自害の日まで、ずっと落ち着いておいででした。そして亡くなる直前に、私に仰せになりました。『もう、ずいぶん前から覚悟してきたことゆえ、嘆くではないぞ』と」

母は短剣で胸を突き、父が介錯《かいしゃく》したそうです。父は腹を切り、介錯は家来の手で行なわれたとか。その様子を考えると、今でも胸が締めつけられる思いです。

前から覚悟していたということは、私が駿府を去るときには、もう夫婦での自害は心にあったのでしょう。

私は人質交換の場が、今生の別れになるかもしれないと覚悟はしておりましたが、こんな形になろうとは、夢にも思いませんでした。私は両親の心に気づかず、ただ自分と子供のことで頭がいっぱいで。

母の最後の言葉は「瀬名、達者でな」。父の言葉は「瀬名、よかったな」でした。父も母も微笑んで見送ってくれた裏には、それほどの思いを隠しておいでだったとは。

私は尼寺で、ただ泣くしかありませんでした。ふたりの幼児を抱えて、あまりに無力だったのです。

それから、しばらくして私は道端で、あの人の鷹狩りの行列を待ちました。尼僧が日時と道筋を調べてくれたのです。

あの人が近づいてきたときに、私は馬の前に躍り出ました。馬が驚いて立ち止まり、家来どもも騒ぎ出しました。

あの人のすぐ後ろにいたのが、例の鬼作左。私だと気づいて大喝しました。

「何の無礼だッ」

私は怯《ひる》まずに言いました。

「こうしなければ、話ができないので」

そして、あの人に向かって言いました。

「お話をさせていただきたいので、総持寺においでください」

すぐさま鬼作左が応じました。

「何を申す？　これから鷹狩りじゃ。そなたと話などしている暇《ひま》はないわ」

「私は鬼作左と話しているわけではありません。私の元の夫の答えを聞きたいだけです。どうか総持寺においでください」

すると、あの人は目を伏せて言いました。

「今は行かれぬ。これだけの共揃えを、城に返すわけにもいかぬし」

「わかりました。では鷹狩りの後でけっこうです。どうか、おひとりで総持寺に」

ひとつ息を吸ってから続けました。

「もし来ていただけなければ、私は竹千代と亀姫を殺し、自害いたします」

家来どもが息を呑み、あの人は困り顔ながらも承諾しました。

「わかった。帰りに寄る。かならず。だから早まったことは、してくれるな」

夕方、あの人は約束通り、総持寺の苫家に現れました。でも草鞋《わらじ》を脱ごうとせず、庭先に立ったままで、中に入ろうとしません。

私は仕方なく、縁側に座って話しました。

「私の父母が自害したのは、ご存じですか」

あの人は黙ってうなずきました。

「なぜ知らせてくれなかったのです」

なかなか口を開こうとしませんでしたが、私が何度も聞くと、ようやく答えました。

「知らせて、哀《かな》しませたくなかった」

「それは、お門違いの優しさです。親の死を知らないなんて、そんな娘が、どこにいますか」

あの人は目を伏せて黙り込むばかりです。

「そもそも両親の自害は、あなたが織田方と手を結んだからなのですよ。わかっておいでしょう。あなたが今川を裏切ったから。あなたが、あなたが」

あの人は急に声を荒立てました。

「わかっているッ」

「何もかも、わかっていて、私には知らせないで、それで、すむと思っていたのですかッ」

私も、つい声が高くなりました。

「こんなことになるのなら、人質交換のときに、竹千代と亀姫だけを差し出せばよかった。私は駿府で、父や母と一緒に死ねばよかったのです」

声が潤み始めました。

「私が、こんな仕打ちを受けていることを、父母が知らずに死んだのが、せめてものことでした。こんな暮らしを強いられていると知ったら、どれほど嘆いたことか」

あの人はようやく、まともに口をききました。

「私とて、こんなことになろうとは思っていなかった」

「ならば、なぜ？　なぜ私が、こんな寺で暮らさなければならないのですか」

また黙り込んでしまいました。私は、あえて煽《あお》り立てるように申しました。

「わかっています。あなたは家来どもの言いなりなのでしょう。今川の女を城に入れてはならないと、家来どもに言い立てられて、言い返すこともできないのでしょう。あなたは子供のころから、あれほど義元公に、よくしていただいたのに。学問までさせてもらった恩を、どうして忘れたのですか」

すると、あの人は、また声を荒立てました。

「学問をさせてくれた義元どのは亡くなった。氏真どのには恩はない」

するとおとなしく眠っていた亀姫が、大声に驚いて目を覚まし、火がついたように泣き出しました。私は放っておけず、抱き上げに行きました。

竹千代を見れば、部屋の隅で膝を抱えて怯《おび》えていました。私は思わず竹千代も抱きしめました。

そして暮れなずむ庭先を振り返ると、もう、あの人の姿はありません。私は枝折戸《しおりど》の方に向かって叫びました。

「逃げるのですかッ。卑怯者ッ」

こんな男が愛しかったのかと、私は自分自身に腹が立ってなりませんでした。

夏になって、障子を外して縁側を開け放ち、蚊帳を吊《つ》るようになった夜のことです。いつにない竹千代の泣き声に、私は飛び起きました。すると蚊帳を通した月明かりで、男が竹千代を連れ去ろうとしているのが見えました。

私は、いつも枕元に置いてある短剣を抜いて、とっさに男に斬りつけました。一瞬、男が怯んだ隙に、必死で竹千代を奪い返したのです。

竹千代を連れ去ろうとするなど、あの人の家来に違いありません。私から引き離そうという魂胆です。

私は胸元で抱きしめた息子に、思いきって短剣の刃《やいば》を向け、男に向かって言い放ちました。

「竹千代の命が惜しくば、今すぐ立ち去れ」

男は驚いた様子でしたが、すぐに踵《きびす》を返して逃げていきました。竹千代の命が惜しいのですから、やはり家来だったのです。

私は短刀を手放し、泣きじゃくる竹千代の背中をなでながら、言い聞かせました。

「また誰かに連れていかれそうになったら、さっきのように大声で泣くのですよ。母は、おまえを刺すことは、けっしてありません」

竹千代は四つになっており、聞き分けのいい子でしたので、泣きながらも、何度も何度も、うなずきました。


あの人が元康から家康と、名を改めたのは翌年のことでした。今川義元の元の字を、とうとう捨てたのです。

でも改名してからというもの、あの人は、たいへんな思いをいたしました。一向一揆《いっこういっき》です。三河一向宗の門徒たちが、あの人に、こぞって反抗したのです。

極楽浄土を信じて、死を恐れぬ者たちですから、倒しても倒しても、後から後から歯向かってくるのです。そのうえ、あの人の家来の中にも、熱心な門徒が何人もいて、いよいよ手こずりました。

一時は岡崎の城が落ちるかという瀬戸際まで至り、私は内心、気がすく思いがいたしました。でも結局は半年ほどで鎮圧。

その後、あの人が側室を持ち、女の子が生まれたと聞きました。このときは思わず笑ってしまいました。竹千代の代わりの世継ぎが欲しかったのでしょうが、そうそう上手《うま》くはいきません。

すると、あの人は難儀続きの名前が嫌になったのでしょう。今度は苗字《みようじ》まで変えてしまい、徳川家康と名乗ったのです。私には松平であろうと、徳川であろうとかまわぬことですけれど。


その年、久しぶりに鬼作左が、苦家に現れて申しました。

「近いうちに織田家から人質が来ることになった」

すぐに私は、その理由を読み取りました。

「織田の合戦に繰り出されるのですね」

「こちらの合戦にも援軍を出してもらう。それは、お互いさまの立場じゃ。そういう仲で人質という名目では、向こうも顔が立たぬ。それゆえ竹千代さまに嫁ぐという格好で来ることになった」

私は驚きました。人質というからには男児だと思ったからです。まして織田から嫁取りなど、きっぱりと断るしかありません。

「竹千代は、まだ八つですので、嫁取りは、ずっと先でけっこうです」

するとと鬼作左は、いつになく真剣に語り始めました。

「よう考えてほしい。今の御家《おいえ》にとって、織田との縁組は何よりのことじゃ。この先も織田の姫以外に竹千代さまの相手はない。それに竹千代さまご自身、いつまでも、この尼寺にいるわけにはいかぬ。ここでは学問もできぬ。そろそろ、お城で暮らす方がよい」

私は気持ちが揺れました。たしかに、いつまでもここに置いておけないのは、わかっていました。

鬼作左は竹千代にも話しかけました。

「竹千代さまも聞き分けてくだされ。どうか、わしと一緒に、お城にまいりましょう」

竹千代は凛《りん》とした声で聞きました。

「母上も一緒か」

「いや、母堂は、ここで暮らす。まだ亀姫さまが一緒だから、寂しくはないであろう」

すると竹千代は、いつのまに手にしたのか、短剣の鞘《さや》を抜き払って、切先を自分の喉元に向けたのです。

私も鬼作左も息を呑みました。竹千代は落ち着いて申しました。

「城に行ってもよい。でも母上と亀姫も一緒じゃ。そうでなければ行かぬ。無理に連れて行くというのなら、ここで死ぬ」

なんという知恵でしょう。子供ながら自分の命を盾にして、大人を脅そうとは。

鬼作左は大慌てで答えました。

「わかった。わかったから、刀をしまってくだされ。母堂さまも一緒に入城できるよう、わしから殿に申し上げてくる」

立派な塗り駕籠が二挺、迎えにきたのは、間もなくのことでした。一挺は竹千代用で、もう一挺は私と亀姫用でしたが、竹千代は私と亀姫と三人一緒に、ひとつの駕籠に乗り込みました。別れ別れにされぬよう、警戒したのです。本当に知恵のまわる子だと、鬼作左も感心いたしました。

城内には、ちょっとした小山が築かれており、その陰に小さな離れ家がありました。築山と塀に囲まれた狭い一角で、そこが私たち三人の新しい住まいでした。以来、私は築山どのと呼ばれるようになりました。

ただし竹千代は元服したら、織田の姫を妻に迎えて二の丸に移ると、私は約束させられました。

そして同じ年頃の、家来の息子たちが近習《きんじゅ》となって、一緒に暮らすようになりました。

学問の師も通ってきて、竹千代たちに教え始めました。

久しぶりに賑《にぎ》やかな暮らしで、竹千代も仲間を得て楽しそうでした。それが私にとって、わずかな幸せのときでした。

でも、それは一年も続きませんでした。織田家から徳姫《とくひめ》が送られてきて、竹千代は元服を前に、二の丸に移るよう求められたのです。応じなければ、家臣の息子たちを引き上げさせるとのこと。

私は承知しました。今さら竹千代から仲間を引き離すのが忍びなかったのです。ただ、ひとつだけ条件を出しました。

「織田の徳姫の顔を見せてほしい」

それは、かなえられました。二の丸の奥座敷で、織田家からついてきた侍女たちに囲まれて、人形遊びをしているのを、庭先から、そっと覗《のぞ》き見るだけでしたけれど。

顔立ちのいい子でしたけれど、侍女たちには言いたい放題で、わがままな印象もありました。

それでも私は竹千代に言い聞かせました。

「徳姫と仲よく暮らして、元気な世継ぎをもうけ、立派な大名になりなさい」

竹千代は、もう九歳。口元に力を込め、一生懸命に涙をこらえて、築山の屋敷から出て行きました。

翌年、あの人は甲斐《かい》の武田信玄《たけだしんげん》と手を組んで、とうとう今川家を攻めました。武田は北から駿河に侵攻し、氏真どのは駿府から伊豆《いず》へと逃走。あの人は西から遠江《とおとうみ》に進軍して、浜松城を手に入れました。

氏真どのは、私の両親を自害に追いやった張本人ですから、私は胸がすく思いでした。以来、あの人は浜松城を居城にして、岡崎城は竹千代に与えました。竹千代は元服し、織田信長の信と、家康の康の文字を取って、信康と名乗りました。

もちろん私には不本意な名前でしたが、とっくに夫に離縁されている立場ですから、何も言えません。ただ息子の幸せを祈るばかりでした。

このころから、あの人は織田信長の合戦に、何度も繰り出されるようになりました。遠く越前《えちぜん》まで遠征させられて負け戦。

いったんは手を結んだ甲斐の武田信玄とも、結局は対立して、三方原《みかたがはら》の合戦でも大負け。あの人は命からがら浜松城に逃げ帰ったそうです。

そんなときに妙な噂が流れてきました。前に私が暮らしていた総持寺と同じ境内に、知立《ちりゅう》神社という由緒ある神社があるのですが、そこに、あの人の子供が、密かに引き取られてきたというのです。それも双子の男児の片割れだと、総持寺の尼が内々に教えてくれました。

武家は双子を嫌います。小さく生まれて育ちにくいからですが、因縁が悪いと決めつけて、片方を里子に出すことが多いのです。

もう片方の男児も、どこかで密かに育てられており、側室の母親も双子をはばかって、浜松城内では暮らしていないとのこと。

私は内心、喝采しました。元気な男児が授かったら、竹千代、いえ信康の立場が侵されかねぬからです。

その後、武田との合戦は、織田信長が援軍を送ってきて、ようやく勝利しました。でも信長という男の卑怯なこと。鉄砲という伴天連《バテレン》の武器を、三千丁も揃えて戦ったというのです。撃ち手は安全な場所にいて、遠くの武将を狙うのです。

名乗り合いも何も、武家の作法はかなぐり捨てて、勝てばよいというだけです。もと もと奇襲で義元公の首を取って、大きな顔をしている男ですから、呆《あき》れるばかりです。

それにしても鉄砲玉など、当たるわけもありません。ただ大きな音と火薬の匂いで、武田家の強みだった馬たちが怯え、それで総崩れになったのです。

すでに武田信玄は死んだという噂が立って、跡を継いだ息子の武田勝頼《かつより》が相手では、楽な勝利だったはずです。

その後も武田との合戦は続き、信康は十九歳のときに味方のしんがりを見事に務め、立派な手柄を立てました。

それによって家中で重みを増すと、父親に対する気兼ねもなくなったのでしょう。私を築山の屋敷から、二の丸の奥へと移してくれました。

ずっと一緒に暮らしていた亀姫は、すでに嫁いでおり、私は築山の屋敷で、ひとりになっていましたので、ありがたいことでした。信康が暮らす本丸との行き来も、楽になりましたし。

このころ信康は二児の父親。どちらも女の子でしたが、私にとっては孫。それなのに、いちども顔も見せてもらえていませんでした。どうやら母親である徳姫が、私を遠ざけているらしいのです。

そんな私を思いやって、信康は孫と引き合わせてくれました。本丸の奥座敷で、信康と徳姫が上座に並び、乳母たちが二歳の登久姫《とくひめ》と乳飲児の熊姫《ゆうひめ》を、下座の私のところに連れてきてくれました。

私は孫を抱けるのが嬉しくてなりませんでした。どちらも愛らしい女の子でした。でも大名家には、どうしても後継の男児が、いなければなりません。

「次は男の子ですね」

私がそういうと、徳姫は、ぷいと横を向いて、憎々しげに申しました。

「浜松のお城では、舅《しゅうと》さまの新しい側室が、お子をはらんだとか。そちらに男の子が生まれれば、それでよろしいではありませんか」

一瞬、私は意味が呑み込めませんでした。だいいち新しい側室ができたことも、その腹に、また子ができたことも初耳でした。

するとと信康が説明してくれました。

「たとえ私に男児が授からなくても、父上の側室が男児を産めば、その子が私の跡を継げるという意味です」

私は納得がいかず、徳姫に言いました。

「なぜ、そんな面倒なことを考えるのですか。正妻が次に男の子を産むか、信康に側室を迎えて、男の子を産ませればすむことです」

すると、いよいよ徳姫はむくれ、いかにも苛立《いらだ》たしげに申しました。

「姑《しゅうとめ》でもない人に、そのようなことを指図される筋合いはありません」

私は呆気《あっけ》に取られました。たしかに私は、あの人に離縁はされましたが、信康の母であることは変わりありません。まして指図などと言われようとは。

さすがに信康も声を荒立てました。

「徳、何を申すかッ。わが母に無礼であろうッ」

それでも徳姫は引きませんでした。

「舅さまに離縁されているのですから、姑ではありませんでしょう。そんな者に、あれこれ言われたくはありません」

そこからは激しい夫婦喧嘩《ふうふげんか》になりました。登久姫も熊姫も、両親の大声に怯えて泣き出す始末。しまいには徳姫は席を蹴って立ち、乳母たちを促して、子供ともども自分の部屋に帰ってしまったのです。

急に静かになった座敷で、信康が溜息《ためいき》まじりに申しました。

「母上、ご容赦ください。いつも徳は、ああなのです。ほとほと困っています」

以来、私は徳姫と会うことはありませんでしたが、あのときの態度が気になり、信康が可哀想《かわいそう》でたまりませんでした。

あの人の新しい側室のことも気がかりでした。もし男の子が生まれたら、徳姫の申す通り、信康の跡継ぎになるかもしれません。それどころか、あの人は信康を廃嫡するのではと、心配でたまらなくなりました。

私は寝つきが悪くなり、ときには鳩尾《みぞおち》のあたりが、きりきりと痛みました。昼間は頭が重くてなりません。

信康は私の身を案じて、たびたび二の丸を訪ねてくれるようになりました。信康の方も悩みを抱えているようなので、話を聞いてやると、どうやら徳姫とは寝所が別の様子。徳姫が同衾《どうきん》を拒んでいるというのです。

そこまで不仲だったとは思い至りませんでした。そんなことでは男児の誕生など、望むべくもありません。私は自分の侍女の中から、側室を選ぶよう、信康に勧めました。

はたして、ひとりの侍女に手がついて、二の丸に部屋を設けてやりました。以来、信康は毎晩、二の丸の奥に渡ってくるようになったのです。

私は早く子が授かるようにと、懸命に神仏に祈りました。でも、なかなか思う通りにはいかず、鳩尾の痛みも頭痛も増すばかりでした。


そんなときに別の侍女が、こんなことを申しました。

「唐人のお医者さまが城下に来ており、どんな病でも治せると評判です。いちど呼んでみては、いかがでしょうか」

どうやら旅の医師らしく、各地に滞在しては病を治し、また別の町に移るとか。なんだか怪しい感じもして、私は気乗りしませんでした。

その後、また鳩尾がきりきりと痛み出しました。毎度のことですが、七転八倒する痛みです。すると侍女が見かねて、減敬《げんきょう》先生という噂の医師を連れてきたのです。

それは並の医者ではありませんでした。按摩《あんま》や鍼灸《しんきゅう》とも違うのです。

苦しんでいる私の着物の襟を緩めるなり、右肩に手を強く当てたのです。とても温かい手でした。すると不思議なことに、しだいに鳩尾の痛みが引いていったのです。いつもなら、もっとずっと長く苦しむのに。

頭が重いと訴えると、片手で私の襟足をつかみ、もう片方の手で、しばし額を抑えました。そして手を離したときには、驚くほど頭がすっきりしていました。

減敬先牛は、いかにも唐人らしく、話し言葉の抑揚が妙でしたが、唐の国で身につけた秘技なのだそうです。

私は夜もよく眠れるようになり、以来、たびたび二の丸に来ていただいては、治療をお願いしました。

減敬先生は方角の良《よ》し悪《あ》しなどにも詳しく、「悪い気がこもっているから、ここの障子を開けて風を通しなさい」とか「ここに樟脳《しょうのう》の香炉を置きなさい」などと、いろいろ教えてくださるのです。

私が日頃の悩みを打ち明けると、「あれこれと気に病むのがいけない。大きく息を吸って、気持ちを楽になさい」と勧めてくださいました。また「人を憎んだり、恨んだりしてはならない。それが病を呼ぶ」とも仰せになりました。

たしかに私は、ここ何年も、あの人を恨み、憎み続けてきました。「そんな些細《ささい》なことは忘れなさい。悩んでいると、病が重くなって死んでしまいますよ」と諫《いさ》められました。

恨みを忘れるのは、並大抵のことではありません。そこで毎日でも、来ていただけるよう、信康に頼んで、城内に先生の住まいを用意してもらいました。以来、朝に夕に話を聞いていただき、治療をお願いしています。おかげで、ずいぶん楽になりました。

ただ、それを妙に勘繰る向きもあるようです。密通だの、何だのと。なんと馬鹿らしいこと。治療のために肌に手は触れますが、まるで色気などなく、むしろ崇高な雰囲気なのです。

侍女たちはもちろん、信康も見ており、霊験《れいげん》あらたかなのは承知しています。

先生は以前、甲斐にもいらしたので、それを大袈裟《おおげさ》に捉えて、武田に通じていると噂する者もいます。でも甲斐にばかりいたわけではなく、駿府も浜松も通って、岡崎までいらしたのですよ。

武田との仲も「角つき合わせる必要はない。憎しみ合うのが、いちばんよくない」と仰せです。甲斐にいたころ、武田の家中の方の病も治して差し上げたので、もし仲よくする気があるのなら、仲立ちをしてもよいと仰せになりました。

それを内通だの、謀反だのと勘繰る者がいて、これも愚かなこと。まったく深読みがすぎます。だいいち私に、そんな力はありません。

ところで、代わりの駕籠かきたちは、まだかしら。もう日が暮れそうですよ。人通りも少なくなってきたし。少し肌寒くなってきましたね。

あら、蚊やりを焚き火に？　薪を拾ってきてくれたのね。それは、ありがたいわ。

こんなときにもね、私は人を恨まぬことにしたのです。それよりも、やってもらえることを、ありがたいと思えるようになったのです。こんなふうに考えられるようになったのも、減敬先生のおかげなのですよ。

それにしても遅いですね。今日は浜松城ではなく、天竜川《てんりゅう》をさかのぼって、二俣城《ふたまたじょう》まで行くのでしょう？　今からでは、とても着けませんね。いっそ浜松のお城で、あの人と会えればいいのに。

会うのは久しぶりだけれど、信康のことも、ずいぶん誤解しているようだし。ちゃんと話をして、わかってもらわなければ。

その書きものは何？　徳姫が実家の父親に書き送ったのですって？　織田の、あの卑怯者に？　ああ、いけない。卑怯だの何だのと、そんな言葉は、もう使わないと決めたのに。

どれ、とにかく、見せてもらいましょうか。少し暗いから、ちょっと灯《あか》りをこれに。

おや、何ですか、これは。私が減敬先生を寵愛《ちょうあい》して、密かに武田氏に通じたですって？　だから、さっきも言いましたでしょう。そんなことは下衆《げす》の勘繰りだと。

もっと読めと？　今度は信康のこと？　日頃より乱暴な振る舞いが多く、下々の盆踊りのときに、領民を面白半分に弓矢で射殺したと？

なんという馬鹿な話でしょう。その場には私もいました。でも、あれは酒に酔った男が、刃物を振りまわして、何人もを傷つけたのです。その挙句に逃げたので、信康が弓を放ったのです。見事に矢は当たって、周囲の侍も下々も、皆、喝采したのに、それが面白半分ですと？

さっき、あなた、これは徳姫が実家に書き送ったと申しましたね？　それは本当ですか。よもや織田方では、この内容を信じませんでしょうね。

だいいち、これは、どう見ても、女の筆ではありません。え？　送ったものの控えですって？　それにしても、こんな箇条書きで書き連ねるなど、たとえ右筆《ゆうひつ》でも、女はいたしません。

ええ、先は読まなくてけっこう。不愉快になるだけですし、これは誰かの謀《はかりごと》に違いありません。誰かが信康を世継ぎの座から引きずり下ろそうとして、こんな訴状を書いたのでしょう。

その顔は何ですか。よもや、そなたたちも信じてはいますまいな。もしや、あの人が？　徳川家康ともあろう者が、こんなものを信じているのですか。

違うのですか？　そうですか。まあ、あの人は賢い人だから、これが偽手紙だということくらい、見抜いているでしょう。でも織田家からとがめられていると？

ああ、わかりました。誰の謀なのか。織田信長ですよ。あの卑怯者が、こちらの家中で、立派な武功を立てている信康を廃嫡して、こちらの力を弱めておいてから、家を乗っ取ろうという魂胆に違いありません。それ以外に考えられませんでしょう？

あの男は最初から、そのつもりで、徳姫を岡崎城に嫁がせてきたのですね。なんと恐ろしいこと。

今、気がついたけれど、この前、信康が岡崎の城から出て、大浜《おおはま》の城に入りましたね。あれも、この訴状のせいですか。私は何か合戦の前触れかと思っていましたが、小さな城に追いやられて、これから裁かれるとでも？

何ということッ。そんなことがあって、よいのですかッ。信長の謀に乗せられて、大事な嫡男を疑って。

今すぐ浜松城まで行きましょう。私が、あの人に直《じか》に話します。何もかも誤解だと。信長の謀に乗せられてはならぬと。

え？　どうしたのですか。ふたりとも、刀など抜いて。

そう？　そうなのね。そういうことでしたか。あの人の命令なのですね。私を亡き者にせよと。あの人は、そこまで疑っているのですか。

私はね、あの人を恨みつつも、心の奥で信じていました。駿府で暮らしていたころの愛しさを、すっかり忘れたわけではないのです。信じていたからこそ、釈明に来いと言われれば、何の疑いもなく、こうしてやってきたのです。でも甘かったのですね。

そうでしたか。なるほど、よくわかりました。最初から、駕籠かきの腹痛は嘘だったのですね。

ここで日が暮れて、人通りが絶えるまで待っていたわけですか。私を殺すところを、誰にも見られぬように。だから私の話を、長々と聞いていたのですね。

でもね、侍女たちは見ていますよ。まあ、侍女たちは親が家中の者だから、黙らせることはできましょうけれど。

されど、そなたたちふたりの心には、否《いや》が応《おう》でも刻まれましょう。無力な女を、それも、まがりなりにも主筋の正妻だった女を、大の男がふたりがかりで手にかけて。さぞや後味が悪いことでしょう。

私だって、あの今川義元公の姪です。ここまで追い詰められたら、逃げも隠れもしません。父母が自害したときに、一緒に死ねばよかったと悔いたくらいですから、いつ死んでもいいつもりです。

でも、私を殺したら、次は信康なのでしょう。それだけは許せません。離縁した妻を憎むのはまだしも、血を分けた長男の命まで奪おうとは。私は絶対に、あの男を許しませんよ。

恨みましょう。呪いましょう。あの男はもちろん、徳川の家中も、そなたたちふたりも、そなたたちの子々孫々までも。たしか名前は、岡本時仲と野中重政でしたね。よくよく覚えておきますよ。あの世でも、けっして忘れません。

それに徳川家康の妻殺しとは。人の口には戸を立てられぬし、あの人が、どれほどの人物になっても、この汚点は消えぬでしょう。あの人が偉くなって、歴史に名を残せば残すほど、この非道も残るはず。

そう思うと、心弾むくらいです。私は殺されることで、あの人に仕返しができるのだから。さぞや、私の父母も喜んでくれましょう。

さあ、刺すがよい。斬るがよい。その刃で。さあ、さあ、遠慮は要らぬ。

# 第三章　於大の方

天正十五（一五八七）年四月二日浜松・西来院《せいらいいん》にて

「善照院殿泉月澄清大居士」

難しいことはわかりませんけれど、なんでも清く澄んだ月が泉に映っているとか、そんな意味なのでしょう。実に、おまえらしい戒名だと、皆に褒められますよ。

私には徳川家康の母ということも誇りですけれど、松平康俊《やすとし》を産んだことも、それを上まわるほど誇りにしています。こうしてお墓参りに来るたびに、改めて、そう思います。

それに今、お隣の築山どののお墓にも、お参りしてきたのですよ。おまえがよりによって、この場所に葬られたいと遺言したときには、本当に驚きました。築山どののお墓など、誰も近づきたがらない場所ですもの。

私も、もう還暦。今まで嬉《うれ》しいことも哀《かな》しいことも、いろいろあったけれど、今日はここで、ゆっくり話をさせてくださいな。おまえが生きている間に聞いてもらえばよかったけれど、結局、話せずじまいだったから。

もう知っていることもあるでしょう。母の生まれ育ちや、岡崎の松平家で竹千代を産んでから、実家の水野家に帰されたことなど。それから、おまえの父上、久松俊勝どのに再縁したことも。

久松の阿古居城《あぐいじょう》に、嫁いでいったときには、本当に驚きましたよ。知多の半島にある小さな山城だとは聞いていましたが、正直なところ、なんだか野伏せりの根城のようでした。岡崎城や刈谷城とは、だいぶ趣が違っていたので。

家来衆も気が荒そうだし、とんでもないところに来てしまったと思ったものです。おまえの父上だって、最初は野伏せりの頭目のように見えたのですよ。

でも寄り添ってみると、優しくて、本当に度量の大きい人でした。家来衆も気のいい人たちで、それでいて合戦になると、誰もが勇敢に戦うのです。

まだ六つだった竹千代が、織田方の人質になって、熱田で暮らしていると教えてくれたのは、おまえの父上でした。

「心細いだろうから、文でも書いてやれ。家来に届けさせる」

そう勧められて、私は意外な気がしました。前夫の息子など、うとましくて当たり前なのに、そんなことは気にせず、むしろ案じてくれるとは。

私は岡崎にいたころ、木綿というものを知りました。天竺渡《てんじくわた》りの布で、肌着にすると、とても肌触りがよいのです。

その種を手に入れて、侍女たちと一緒に、岡崎の城内の一角に蒔《ま》きました。それで白い綿の実を収穫して、糸をつむぎ、せっせと布に織り上げたものです。

その種を阿古居城にも持っていったので、木綿の肌着に仕立てて、熱田にいる竹千代に、文と一緒に送りました。

久松どのは「腹をすかせていたら可哀想《かわいそう》だ」と、米俵を届けさせてくれました。

使いの者が戻るなり、様子を伝えました。

「竹千代どのは少し気恥ずかしそうで、でも目を輝かせて肌着を受け取りました。一緒に岡崎から来た、少し年上の少年たちは、米に大喜びしていました。どうやら、ろくに食べさせてもらえなかったようで」

そんな報告に、久松どのも、とても喜んでくれました。その笑顔を見たときに、私は、こんな心根の優しい夫に巡り会えてよかったと、改めて感じ入りました。

私は子供のころから「おっとりしている」と言われたけれど、松平の離縁を経て、人を疑うようにもなっていました。だからこそ再嫁してきた当初、野伏せりだの何だのと、怖かったのです。

でも久松どのの人柄に触れて、やはり人を信じていいのだと思い直したものです。

それからも竹千代とは、何度も文のやりとりや贈りものをして、成長を見守りました。

二年後、八歳で、熱田から今川の駿府に移ることになったときに、また夫が勧めてくれました。

「今度、いつ会えるかわからないだろう。熱田まで見送りに行け」

そのとき私は、松平家を追われて以来、五年ぶりに竹千代に会いに行きました。もう出発間際で、岡崎城から迎えの一行が来ており、私は人垣の後ろから姿を垣間見《かいまみ》るのが精いっぱい。とても母とは名乗れませんでした。

赤ん坊だったのが、すっかり凛々《りり》しい少年になっていて、嬉しくもあり、愛《いとお》しくもあり、手の届かないところに行ってしまうのが哀しくもあり。それに、これから駿府で、どんな暮らしが待っているのか、不安でもあり、涙で見送りました。

でも幸運なことに、駿府には私の母がいて、竹千代の面倒を見てくれたのです。母は今は華陽院として、駿府の尼寺に眠っていますが、その名の通り、華やかで明るくて美しい人でした。

竹千代は、そのまま駿府で元服し、何度か名を改めて、徳川家康に定まりました。

家康どのは桶狭間の合戦の前に……。ああ、また、おまえに叱られそう。「自分の息子なのに、どのづけで呼ぶのですか」と。でも私は松平家から離縁された時点で、母子の縁も切れたのだから、家康どのでよいのです。

その切れた縁が、かろうじて繋《つな》がったのが、桶狭間の合戦の直前でした。

あの合戦は、駿河から三河まで支配する強大な今川家と、尾張で力を伸ばしてきた織田家の最後の決戦になるだろうと、誰もが予想していました。

われら久松は織田方、家康どのの松平は今川方。敵味方に分かれて、出陣の準備が進んでいました。

そんなときに身なりのいい若侍が、ふいに阿古居城を訪ねてきました。供は、ひとりかふたりだったと思います。

私には、すぐにわかりました。それが家康どのだと。八歳のときに熱田で姿を垣間見てから、十一年も経っていて、ずいぶん立派になっていましたが、ずっと思い描いていた姿、そのままだったので。

合戦準備の最中《さなか》に、敵方の領地に入り込んで、城まで乗り込んでくるなど、なんと大胆なことかと、夫も私も驚きました。

家康どのは寝返りを勧めに、わざわざ危険を冒して来てくれたのです。

予想では今川の方が圧倒的に有利でした。今川方の軍勢は、少なく見積もっても二万五千。多ければ四万五千ともいわれていました。片や織田方は三千から、多くとも五千。最終決戦になるという予想は、織田方が、たたきつぶされて終わるだろうと、容易に予測がついたからです。

そんな状況でしたので、今川方に寝返るよう、家康どのは言葉をつくして勧めてくれました。でも夫は笑顔で断ったのです。

「それは、ありがたい話だが、お受けできない。水野どのとの縁があるので」

　夫は私の兄、水野信元との信頼関係を重んじたのです。水野も織田方でした。私と兄とは不仲でしたけれど、夫としては私を介して水野信元と義兄弟になれたことを、誇りに感じていたのです。

　その代わりにと、夫は家康どのに頼みました。

「わしが討ち死にしたら、妻と子供たちの身柄を、お願いしたい。そなたの母と弟として扱ってはもらえぬか」

　私は久松に再縁してから、ありがたいことに子宝に恵まれました。長男と次男は、年の初めと年末の生まれで、どちらも九歳。三男は、まだ乳飲児《ちのみご》でした。

　わざわざ話す必要もありませんね。その次男が、おまえですもの。当時の名前は久松源三郎で、元服してからは松平康俊。

　松平に変わったのは、家康どのが、私の夫の頼みを承知してくれたからです。

「わかりました。そうなった場合は、母はもちろん、弟たちには松平の姓を与え、喜んで私の弟として迎えましょう。それで、よろしいでしょうか」

　夫は、また笑顔で答えました。

「ありがたい。それなら心おきなく戦える」

家康どのが去ってから、私は、ひとりで涙しました。私や息子たちの命の保証を得たうえで、夫自身は筋を通し、死地におもむこうというのです。本当に優しく、雄々しい人でした。おまえは父親の、そんなところを受け継いだのですね。

でも合戦は何が起きるかわからないものです。織田信長どのが奇襲に出て、今川義元どのの首を取ろうとは、誰が考えたでしょう。気がつけば久松家は勝者に属し、負けた家康どのは岡崎城まで逃げ切ったのです。

今川義元どの亡き後の今川家は、嫡男の氏真どのが継ぎましたが、強者揃《ぞろ》いの家臣をまとめ上げる力は、父親には及ばなかったようです。

それを知った夫は「今度は自分が寝返りを勧める」と言って、密《ひそ》かに岡崎の家康どのを訪ね、今川からの離反と織田信長どのとの同盟を勧めました。ふたりの間を取り持ったのも夫です。

家康どのが信長どのと手を結んだとわかると、三河各地の武将たちは、先行き不安な今川家から離れ、家康どののもとに集まり始めました。駿府にいたころから、家康どのの人柄や、ものの見方の鋭さは評判だったのです。

いつしか大も、家康どのに臣従いたしました。

「家康どのは、まだ二十歳《はたち》だが、これからの世を背負って立つ度量がある。わしは、それを支えたい」

でも問題がひとつありました。家康どのは駿府に妻子を置き去りにしていたのです。夫は、それを見捨てさせるのが忍びなく、人質交換の策を考えました。

その最初の一手が、岡崎の南、三河湾に近い上ノ郷城攻めでした。夫は、みずから先陣として攻め入って落城させ、城主である鵜殿長照の子息ふたりを手に入れたのです。まだ年端もゆかぬ少年たちでした。

駿府にいた家康どのの妻子と、鵜殿家の子息たちとの人質交換を、すぐに今川家に申し入れました。鵜殿家は今川の御一門のため、今川家としては見捨てられません。

そうして妻の瀬名どのと、家康どのと同じ名前の幼い竹千代、そして乳飲児の亀姫の三人を、ようやく岡崎に取り戻したのです。

ただ不幸なことに、三人が駿府を離れた翌月、瀬名どのの両親が自害されました。それで瀬名どのは、家康どのを激しく恨むようになったのです。

いいえ、家康どのばかりでなく、伯父である今川義元どのを討ち取ったとして、織田信長どののことも、激しく恨んでいました。その同盟を取り持った、私の夫も恨まれました。

瀬名どの本人は「岡崎になど来たくなかった。駿府で死ねばよかった」と繰り返すばかり。せっかく上ノ郷城を攻め落としてまで、三人を取り戻したのに。それも瀬名どのには曲げて解釈されてしまいました。

「結局、於大の方さまは、夫の久松どのを、上ノ郷の城主になさりたかったのでしょう」

落城後、夫が家康どのから上ノ郷城をもらったのは事実ですが、それは後からついてきたこと。

夫は言いがかりに憤慨し、息子に城主の座を譲ってしまいました。そして自分は岡崎城下に屋敷を建てて、私たち夫婦は隠居という形を取りました。

瀬名どのの立場も気の毒ではありましたけれど、そんな妻に、家康どのが愛想をつかすのも、致し方ないことでした。

さらに家康どのに試練が舞い込みました。一向一揆《いっこういっき》です。一向宗が領民たちの中に野火のように広がり、家康どのに反旗をひるがえしたのです。家臣にも門徒がいて、領民たちを先導するし、本当に手こずりました。

一時は岡崎城を取り囲まれて、あわや落城というところまで追い込まれました。そのとき家康どのが硬い表情で、私に言ったのです。

「今川に援軍を頼むしかなくなりました」

織田信長どのは美濃への侵攻で手一杯で、援軍は期待できず、今川氏真どのしか頼る先はないとのこと。

そして家康どのは、私に頭を下げました。

「そのために、こちらから駿府に人質を送らねばならぬのですが、私の弟のひとりを出してもらえぬでしょうか」

そのときすでに、おまえたちは松平の姓を名乗っており、家康どのの弟という立場でした。おまえは十二歳で、人質に出すには、ちょうどいい年頃です。

聞けば、息子を人質に出すように勧めたのは、そもそも私の夫だったとか。息子が家中の役に立つのなら、本望だと申すのです。

父親が申し出たのに、母親が拒むわけにはいきません。それに人質に出るのも、大名の家族の役目。私も承知し、三人兄弟の真ん中を選びました。そう、おまえです。

急いで元服させ、松平康俊という名前を与えました。おまえは、まだまだ幼い顔立ちでしたが、前髪を落とし、胸を張って言いましたね。

「兄上も今川家の人質として、長く駿府にいらしたそうですし、同じ立場になれて、私は誇らしく思います」

人質の危険を恐れず、兄である家康どのに憧れる無垢《むく》な言葉に、私は心が痛みました。

おまえが駿府に旅立つ際に、瀬名どのも見送りに出てきて、いかにも憎々しげに言い放ったのを覚えていますか。

「駿府に行かれて、ようございました。私が代わりに行きたいくらいです。でも私など、今川でも無用でしょう。人質の役にも立たぬ厄介者ですので」

　今川でも松平の家中でも大事にされぬことを、恨みがましく言うのです。そうしたら、おまえが申しましたね。

「瀬名さま、駿府にあるご両親のお墓参り、私でよければ行ってまいります。何か、お伝えすることがあれば、今、うかがっておきます」

　すると、さすがに瀬名どのも少し言葉に詰まり、目を伏せて小声で答えましたね。

「瀬名も子供たちも、岡崎で元気に暮らしていると、そう墓前で伝えればよい」

　おまえのように真《ま》っ直《す》ぐな子供の前では、瀬名どのでも殊勝な態度になるのかと、私は心が熱くなったものです。

　ともあれ、おまえが人質に出てくれたおかげで、今川方から援軍が駆けつけ、岡崎は落城を免れました。それからは今川の力を借りつつ、半年ほどで一向一揆を抑えられました。

　でも、それで都合よく、人質が返ってくるはずもありません。その結果、おまえは家康どのと同じように、長く駿府で育ったわけなのです。

　駿府に人質を送ったことで、どうやら信長どのは不安になったようでした。家康どのが今川に寝返るのではないかと。

　そのために信長どのは、娘の徳姫を尾張から送ってきました。これも人質ではありましたが、いずれは瀬名どのが産んだ竹千代と、妻合《めあ》わすという前提でした。

どちらも九歳同士で、ままごとのようなふたりでした。家康どのも徳姫を気に入り、自分の娘のように愛《いつく》しんだものです。

ただ瀬名どのは、信長どのを親の仇《かたき》のように憎んでいましたので、この縁組には当然、不満です。それでも嫌々承諾したとか。

このころから家康どのは、瀬名どのの住まいを、城内の築山のある場所に設けました。そのため瀬名どのは、家臣たちから築山どのと呼ばれるようになったのです。


おまえが人質に出てから、五年が過ぎた春のことです。

家康どのは、甲斐の武田信玄から今川攻めの誘いを受け、それに応じることになりました。松平は西から遠江を攻め、武田は北から駿河を、同時に攻め立てる計画です。

駿府にいるおまえのことは、もちろん家康どのは気にかけていて、武田の軍勢が攻め込む前に、密かに家来を送り込んで、助け出す手筈《てはず》ができていました。

おまえは十七歳になっていて、これで、ようやく身柄を取り返せると、私は心待ちにしました。

遠江攻めは勝利したと知らせが来ましたが、家康どのは岡崎に戻ってくるなり、顔面《がんめん》蒼白《そうはく》で、夫と私に両手をついて詫《わ》びました。

「母上、申し訳ありません。康俊の身柄が、武田に奪われました」

私は息を呑《の》みました。人質の危険は覚悟しているつもりでしたが、よもや、そんな結果になろうとは、思いもよらないことでした。

武田の侵攻が予想以上に速く、それに今川の家臣の寝返りもあって、あっという間に、おまえは甲斐に連れて行かれたとのこと。

今川氏真どのは駿府を捨てて、伊豆に逃れたそうですから、きっと武田信玄は、悠々と駿府に入ったのでしょうね。

家康どのは武田方に、おまえを返してくれるように、かけ合いましたが、そんなことを聞き入れる相手ではありません。

おまえが今川の人質に出たのは、両家が手を結ぶための証《あかし》。でも武田は味方ではないだけに、いつ何時、殺されるやもしれません。

こんなことになるのなら、家康どのの弟という立場を受けねばよかったと、私は激しく悔いました。眠れぬ夜を過ごしていると、夫がなぐさめてくれました。

「人質といっても、むやみに殺されはしない。康俊が甲斐にいる限り、武田は、こちらの弱みを握っていられる。人質の命は大事なのだ。大丈夫だ。心配するな」

私は家康どのに頼みました。

「康俊の命が危うくなるようなことは、どうか、お控えください。でも、もし武田を討たねばならぬ場合は、その前に私に知らせてください。そのときには覚悟を決めますので」

　すると家康どのは目を伏せつつも、約束してくれました。

「わかりました。武田と合戦になるとしたら、今度こそ、まちがいなく康俊を助け出します」

　家康どのは遠江を手に入れると、浜松城に居城を移されました。

　岡崎城は、築山どのが産んだ竹千代が十二歳で元服し、信康と名を改めて城主になりました。築山どのは、この名前も気に入りません。信康の信は、信長どのの信だからです。

　このころ信長どのが上洛を目指し、西へ西へと力を伸ばしていました。家康どのは同盟の義理から、遠くの合戦に何度も駆り出され、近江や越前まで遠征がありました。

　一方、武田信玄は駿河を手に入れただけでは飽き足らず、家康どのが西に遠征に出る隙を狙って、たびたび遠江を脅かすようになりました。

　家康どのは近江の遠征から戻るなり、夫と私に言いました。

「どうしても武田と戦わねば、すまなくなりました。合戦前には、なんとしても康俊を取り戻します」

密偵を放って調べさせたところ、おまえは甲府から離れた山里で、牢《ろう》に閉じ込められていたそうですね。

「その牢に、こちらから腕の立つ家来を送り込んで、まちがいなく助け出します」

家康どのは絵図を開いてみせました。

「甲府からこちらに向かうには、富士川沿いを南に進んで、身延《みのぶ》を越え、駿河に出ます。そこから西に向かうのが常です。でも富士川沿いは武田の領内ですから、見張りの厳しいところは避けて、途中から山に分け入ります」

集落のある場所は避け、いくつもの峠を越えて、遠江に出るというのです。私は心配でたまらずに聞きました。

「牢の見張りは厳しいのでしょう。逃げられるものなのですか」

すると家康どのは、思いもかけぬことを言ったのです。

「山里の牢ですので、冬場は見張りが緩みます。それを狙って、こちらから人を送ります」

「冬？　でも山には、雪が積もるでしょう」

「だからこそ、見張りが緩むのです」

「雪の積もった山を、越えるというのですか」

家康どのは、ひとつ息をついてから答えました。

「そうです」

私は驚き、うろたえて、夫の顔を見ました。でも夫は家康どのの考えを、すでに読んでいたらしく、難しい顔をしていました。そして私に申しました。

「康俊が甲斐に連れ去られて、もう二年。その間、ずっと牢に入れられていたとしたら、足腰も弱っていよう。それで険しい山を越えるのは、そうとう難儀だ。たとえ夏場であっても」

私は顔から血の気が引くのを感じました。夏でも険しい山を、冬に越えさせようとは。でも家康どのは首を横に振りました。

「背負ってでも連れ帰ります。冬山に詳しい案内人も雇います。これは康俊の合戦です。万全を期して、かならず勝たせます」

夫は黙り込んでしまいました。私は、うろたえつつも、もういちど聞きました。

「雪のないときに助け出すのは、どうしても無理なのですね」

家康どのは、とても言いにくそうに答えました。

「連れ出せるとしたら、真冬だけです」

もう夫も私も言葉がなく、任せるしかありませんでした。

山が雪に閉ざされるのを待って、家康どのの選《え》りすぐりの家来が五人、浜松城から甲斐に向かうことになりました。

五人とも剣の使い手で、いかにも大の男を背負えそうなほど、屈強な若者たちでした。ただ五人が連れ立って行くと目立つからと、それぞれが行商人などに扮《ふん》して、別々に出発していきました。

五人の中に、大村庄三郎《おおむらしょうざぶろう》という、ひときわ大柄な若者がいて、頼もしげに約束してくれました。

「命に替えても、かならず、お連れします」

おまえは大村のことを、よく知っているでしょう。そう、あのころ行儀見習いを兼ねて、私の侍女をしていたお真佐《まさ》の兄です。

私は五人を見送ってからというもの、毎日、浜松城の天守閣に登り、北風が吹きつける回廊に立りて、白い山並みを見つめました。

詳しい道筋はわからないし、どの山を越えてくるのか見当もつかないけれど、きっと無事に帰ってくると信じて待ちました。

すると十日もしないうちに、浜松城に早馬が駆け込みました。康俊が駿河との国境を越えて、遠江に入ったという知らせでした。

家康どのと私の夫と従者たちが、すぐに馬で迎えに行きました。ただし康俊と、助けに行ったひとりが弱っているとのことで、空の駕籠《かご》二挺《ちょう》も後を追いました。

その日のうちに、夫が単騎で駆け戻ってきて申しました。

「於大、覚悟せよ。康俊は助からぬかもしれぬ」

私は息を呑みました。

「な、なぜ？」

「そうとう弱っている。なんとか駕籠に乗せたが、かなり雪山越えが厳しかったらしい。助けに行った五人のうち、帰ってこれたのは、大村庄三郎だけだった」

「大村だけ？」

耳を疑うばかりでした。

「ほかの、四人は？」

「逃げる際に、敵の見張りと斬り合ったり、追手をまくために囮《おとり》になったり。雪山で谷に落ちたりで、ひとり減り、ふたり減りしたらしい」

私は立っていられないほどの衝撃でした。厳しい逃走になると覚悟はしていましたが、そこまでとは。

後は、ただ康俊が生きて帰ってきてくれることを祈り、私は浜松城の大手門のところに立って待ちました。

日が落ちて、焚き火《たび》をしても、凍えるほど寒かったけれど、おまえは、もっともっと寒い思いをしたかと思うと、部屋の中で待つ気にはなれませんでした。お真佐も、その両親も一緒に待っていました。

そして夜も更けたころ、駕籠かきたちの掛け声が聞こえてきました。おまえたちを乗せた駕籠が帰ってきたのです。

二挺の駕籠は大手門をくぐり、焚き火の脇で止まりました。私が片方に駆け寄ると、夫が引き戸を開けました。おまえは中で、ぐったりとうずくまっていましたね。もしや命つきたかと、私は総毛立ちました。

おそるおそる「康俊」と呼びかけると、おまえは、わずかに顔を上げ、かすれ声で「母上」と答えてくれましたね。私は涙をこらえて申しました。

「よくぞ帰ってきました。よく耐えました。さぞや、つらかったでしょう」

おまえは刀を振り絞って、途切れ途切れに言いましたね。

「大村を、褒めて、やって、ください」

十二歳で駿府に人質に出て以来、七年ぶりの再会で、すっかり様変わりはしていましたけれど、自分のことよりも、人のことを気にかける優しさは、子供のころから変わっていませんでした。

私は、おまえの望み通り、もう一挺の駕籠のかたわらに膝をつきました。大村は康俊よりも、なお弱って見えました。それでも、やはり力を振り絞って、つぶやいたのです。

「仲間たちの命に替えて、お連れしました」

出発のときの約束を果たしてくれたのです。大村の両親も、お真佐も泣いていました。私も泣きながら申しました。

「よく連れ帰ってくれました。これほどの苦労をして。本当に、本当に、心から礼を言います」

翌朝、明るくなってみると、おまえは顔も手足も黒くただれていましたね。ひどい凍傷でした。

よほど疲れたのでしょう。こんこんと眠り続け、もしや息絶えたのではと、私は不安で不安で、何度も寝息を確かめました。

ときどき目を覚ましては水を飲み、ふらつきながらも厠《かわや》に立ち、夕方には粥《かゆ》をすするまでに持ち直し、私は胸を撫《な》でおろしました。

三日目になって、もう大丈夫と安堵《あんど》したころでした。お真佐が泣きはらした顔で現れて言ったのです。

「兄が息を引き取りました」

私は驚きました。康俊と同じように、回復しているとばかり思い込んでいたので。

「兄は満足して死んでいきました。康俊さまを、お助けできたと」

その言葉に、また涙がこぼれました。

おまえは大村の死を知ると、わがことのように嘆き、五人が自分のために命を落として、自分ひとり生き残ったのが、何よりつらいと言って泣きました。

それから私は、大村や帰ってこなかった者たちの家に、悔やみを言いに訪ねました。大事な息子や夫を失って、どれほど罵倒されるかと覚悟していましたが、そんな家は一軒もありませんでした。

「お役に立てて、本人も本望でしょう」

どこでも口を揃えて、そう言うのです。

お真佐も兄の弔いを終えると、また私の侍女として戻ってきました。それから献身的に、おまえの世話をしてくれましたね。

おまえの足の指が失われていったのは、そのころでした。凍傷で真っ黒だったのが、だんだん縮んでいって、小指から順に、ぽろりぽろりと落ちていくのを見るのは、本当に耐えがたい思いでした。おまえ自身、さぞつらかったことでしょう。

私は、ひとつずつ懐紙に包んで、とっておきました。それが、とうとう十本になり、おまえの足から、すべての指が消えました。

命あっての物種と、初めは励ましたものですが、元気になるにつれて、不自由さを痛感しましたね。前に踏み込めないから、剣が使えないし、両足を踏みしめて立てないから、弓も使えない。だいいち指がなければ、草鞋《わらじ》さえ履けぬのです。

それでも武田攻めが決まると、おまえは杖《つえ》を使って裸足《はだし》で馬に乗り、馬上から槍《やり》を繰り出したり、弓を放ったりする稽古を、夢中になって始めましたね。

甲斐に連れて行かれて、二年も入牢させられた恨みを、合戦で晴らすつもりだったのでしょう。

そして家康どのに先陣を願い出ました。でも出陣さえも許されませんでした。

「康俊、おまえは人質に出たことで、大いに家中の役に立った。合戦で大きな手柄を立てたも同然だ。今回は留守居役を務めよ」

もし戦場で落馬したら、走って逃げられないのですから、その配慮は当然でした。でも、そのときに、おまえがつぶやいた言葉が、私には忘れられません。

「松平康俊という武将は、もう死んだのですね」

結局、武田信玄は浜松近くまで迫り来て、お城から、ほんの一里半ほど北の三方原が戦場になりました。合戦は味方の大敗。家康どのは命からがら浜松城まで逃げ帰りました。

おまえは心底、悔しがりましたね。でも、おまえの本当の苦しみは、そこからでした。過酷な雪山越えで体を壊してしまい、いつまでも体調は戻らず、持病として付き合っていくしかありませんでした。

そのうえ合戦で役に立てないという引け目から、気持ちが後ろ向きになって、ひとりで部屋にこもるようになりました。

苛立《いらだ》ちから、世話する私や侍女たちに当たり散らすこともあって。嫌になって辞めていく侍女もいたけれど、お真佐は変わらず務めてくれました。

私は、お真佐に謝りました。

「せっかく、そなたの兄が命がけで救ってくれたのに、こんなていたらくでは、死んだ者たちに顔向けができません」

お真佐は首を横に振りました。

「兄が命がけで、お救いした方だからこそ、このままで終わって欲しくはないのです」

そんなお真佐に、おまえも心惹《こころひ》かれたのでしょう。いつしか手がついていました。

それに気づいた私は、急いで家康どのに「お真佐を康俊の妻に」と頼みました。

この縁談に、大村家では身分違いと恐縮しつつも、名誉なこととして受けてくれました。

その後、姫が生まれ、おまえは少し落ち着いたけれど、まだまだ心に重いものを抱えているのは、わかっていました。

翌年、信長どのは、近江での合戦に完全に勝利し、ようやく、こちらの武田攻めに、援軍を送ってくれることになりました。

すでに武田勢は三河にまで入り込み、戦場は長篠《ながしの》。岡崎の東で、浜松との中ほどの山中でした。

武田の軍勢は一万五千。対する家康どのは信長どのの援軍を得て、総勢三万八千。武田信玄は、すでに没しているとの噂《うわさ》でした。

一方、信長どのは、新しい武器である鉄砲を、大量に持ち込みました。武田は騎馬武者の軍団が強みでしたが、馬が鉄砲の音と火薬の匂いに驚き、総崩れになりました。家康どのは初めて武田に勝利できたのです。

でも、その年の末に、たいへんな出来事が起きました。

ひときわ冷え込んだ朝、夫は出がけに、張り切って申しました。

「久しぶりに水野どのが、岡崎に来てくれた」

そのころ家康どのと、私の兄、水野信元との仲が、少しぎくしゃくしていました。兄が武田家に内通したという噂があったのです。

私と兄とは仲違《なかたが》いしたままでしたが、夫は私の兄を敬愛していましたので、また家康どのとの仲立ちができることが、とても嬉しそうでした。

「水野どのは武田に内通などしておらぬ。家康どのも会えば、それがわかるであろう」

けれど、その日のうちに、馬で駆け戻ってきたときには、夫は目が血走り、着物には血飛沫《ちしぶき》を浴びていました。

「どうなさったのですかッ」

　私が聞くと、夫は泣き崩れました。

「水野どのが殺された。それも平岩《ひらいわ》どのにだ」

　信じがたい話でした。

　その日、夫は、平岩親吉《ちかよし》という家康どのの側近から、私の兄に引き合わせて欲しいと頼まれていたそうなのです。平岩どのは、家康どのと一緒に今川の人質に出ており、子供のころから信頼の篤《あつ》い家臣でした。

　そのため夫は、刈谷から来た兄を迎えに出て、平岩どのが待つ松平家の菩提寺《ぼだいじ》に案内したのです。でも引き合わせたとたんに、平岩どのが刀を抜き放ち、兄は一刀両断にされたというのです。

　その場で、平岩どのは血刀を握ったまま、こう申したそうなのです。

「水野どのには何の恨みもありませんが、主命により、お命、頂戴いたしました」

　聞けば発端は、信長どのにあったとのこと。兄が武田に内通したと、信長どのは信じ込んで、家康どのに始末させたのです。

　私が兄と不仲だったせいもあったのかもしれませんが、昔から家康どのは、私の兄を快くは思っていませんでした。

　もとはといえば、兄が今川方から織田方に寝返ったために、私は岡崎城から追われたわけですし。家康どのにとって、母を失った原因は、私の兄にあったのです。

それにしても、誰よりも私の兄を敬愛する夫を騙《だま》して、そんな手引きをさせるとは。

いつもは心の広い夫も激怒しました。

そして私に申しました。

「わしは家康どのとは縁を切る。おまえには何の科《とが》もないが、おまえとも離縁だ。家康どののもとに身を寄せるがいい」

「そんな」

私は必死に引き止めました。

「離縁など、どうか、考え直してください」

「いいや、もう決めたことだ」

「でも、でも、あなたは、どうなさるのですか」

「何もかも嫌になった。しばらくは旅にでも出て、気が向いたら、息子の上ノ郷城にでも身を寄せる」

私は泣いて引き止めましたが、夫は本当は、前から家康どのを恨んでいたのかもしれません。おまえを人質に出して、足の指を失わせ、武将としての命を奪ったことを、ずっとこらえていたのでしょう。

おまえも言葉をつくして、引き止めてくれましたね。

「私は幼いながらも、自分で望んで人質に出たのです。駿府での待遇は悪くなく、むしろ優遇されました。私は駿府が好きでした。それに甲斐に連れ去られたのも、私の力足らずのためで、兄上のせいではありません。だから父上が恨む筋合いはないのです」

でも夫は寂しげに微笑《ほほえ》んで、ひとりで岡崎城下の屋敷から出て行きました。その悄然《しょうぜん》とした後ろ姿を、おまえも覚えているでしょう。

それから私たちは浜松城に引き取られました。家康どのの母と弟として。

思い返せば、あのころから信長どのは、妙に神経質になっていた気がします。兄の肩を持つわけではありませんが、信玄亡き後の凋落《ちょうらく》していく武田家に、誰が内通などいたしましょう。

事実、その後、兄の冤罪《えんざい》は晴れて、いったん断絶した水野家を、信長どのは再興したのです。疑われて命を奪われた兄が、さすがに気の毒でした。

でも次なる犠牲者が出たのです。それは、ほかでもない家康どのの嫡男で、岡崎城主になっていた信康どの。母親の築山どのもろとも、武田に内通したと疑われたのです。

織田家から嫁いできた徳姫が、父親に不満を訴えたともいわれています。もともと築山どのとの嫁姑《よめしゅうとめ》の仲が険悪で、ひいては信康どのとの夫婦仲も悪くなった結果だとも。

私は築山どのから距離を置かれていましたし、詳しいことはわかりません。でも岡崎城にいたころに、もう少し徳姫の愚痴でも聞いてやれば、よかったかもしれません。信長どのは、私の兄のときと同じように、自分の手は汚さずに、家康どのに始末を命じたのです。

家康どのは拒めませんでした。そのため、まずは築山どのを岡崎城から呼び出し、浜名湖を過ぎた辺りで、家臣ふたりに斬り殺させたとか。

それから信康どのを切腹させました。なんとむごいことでしょう。正室だった者と、実の息子の命を奪うとは。

それを聞いて、もっとも憤りをあらわにしたのは、おまえでしたね。そこまで信長どのの顔色をうかがわなくても、よかったのではないかと。妻子殺しなど、徳川家康の名が未来永劫《みらいえいごう》、地に落ちると。

家康どのは後味が悪かったらしく、しばらく浜松城の奥にこもったまま、表の御座所には出てこなくなりました。

私は放っておけなくなって、側室たちが暮らす奥を訪ねてみました。すると家康どのは、今までに見たことがないほど、意気消沈していました。

その姿を見たとたんに、私は責める気を失いました。むしろ励まさなくてはいけないと直感したのです。

それまでは、おまえが足の指をなくしたことや、夫の出奔の原因を作ったことで、家康どのを恨む気持ちもありました。でも家康どのもまた、私にとって大事な息子でした。

「つらかったでしょうが、今度のことは、避けられない事情があったのでしょう。人が、どう思おうと、ご自身で決めたことです。その判断に自信をお持ちなさい。死んだ者は生き返らないのですし」

家康どのは珍しく弱音をはきました。

「子供のころ、駿府で太原雪斎という学問の師から教えられました。『家族よりも家臣、家臣よりも他人にこそ、気を配らねばならぬ。自分に近い者ほど信頼できる。信頼できる者の扱いは軽くてよい』と。それを信じてきました。康俊は弟だからこそ人質に出し、過酷な雪山越えを強いたのです」

私の兄は、家康どのにとって伯父だったからこそ、築山どのも妻だったからこそ、信康どのも実子だったからこそ、切り捨てなければならなかったと、家康どのはうつむいて話しました。

私は言葉をつくして励ましました。

「ならば、その信念を貫けばよいではありませんか。次に人質に出る必要があれば、私が出ましょう」

「いや、それはできません」

「なぜ？　私は身内ではないのですか」

　家康どのは、しばらく黙っていましたが、意を決したように口を開きました。

「私が生涯で最初に犠牲にした身内は、お祖母《ばば》さまでした」

　それは駿府城下の尼寺にいた私の母、華陽院のことでした。

「桶狭間の合戦後、私が今川から離反した結果、祖母上は短い間でしたが、今川の人質になりました。でも、それを祖母上は見越しておいででした。私との別れ際には、ご自分は老い先の短い身ゆえ、何も気にしなくてよいと、何度も仰せになったのです」

　家康どのは目を伏せて話を続けました。

「私が岡崎城に入って、わずか七日後に亡くなったのは偶然とは思えません。もしや、ご自害ではと、今でも忘れられません」

　私は首を横に振りました。

「気になさいますな。たとえ、ご自害であったとしても、満足して亡くなったはずです」

　もし私が、その立場だったとしたら、やはり同じことをしたはずです。

「あなたが自分の名を、元康から家康に変えたのは、家中がやすらかにという意味なのでしょう。ならば、それを貫きなさいませ。太原雪斎先生の教えを、お守りください」

「でも瀬名のことは、どうしても寝覚めが悪いのです。さぞ恨んでいるだろうと思うと」

たしかに築山どのは死に際に「恨んでやる」と言い放ったと噂されていました。

武将は、恨みやら悪霊やら運やらということを、案外、気にするものです。戦場では、ほんのちょっとしたことで、生き死にが決まったりもするので。

でも私は、あえてきっぱりと申しました。

「気にするからこそ、恨みが取りつくのです。自信を持っておいでなさいませ。恨みなど跳ね返せるように」

そのときの家康どのの様子を、おまえにも話しましたよね。すると今度は、おまえが黙ってしまう番でした。その沈黙の意味を、私が悟ったのは、もっとずっと後になってからでした。

家康どのが信長どのの援軍を得て、武田家を攻め滅ぼしたのは、築山どのと信康どのの死から二年半後のことでした。とうとう駿河一国を手に入れたのです。

そのすぐ後に、家康どのは安土城《あづちじよう》を訪れました。信長どのが琵琶湖畔《びわこはん》に新しく建てた、前代未聞と評判の巨城でした。

他家の城に入るのは、臣従を意味します。家康どのは、かつて夫が築いた織田家との同盟関係を解消し、新たな主従関係を受け入れたのです。

でも、この関係は、わずか半月余りで終わりました。本能寺の変で、信長どのが亡くなったからです。家臣の謀反で命を落としたのは、やはり信長どのが神経質になりすぎて、人を疑ったせいかもしれません。

家康どのから呼ばれて、おまえと一緒に駿府におもむいたのは、その翌年でしたね。おまえが駿府に来るのは、甲斐に連れ去られて以来、十五年ぶりのこと。お堀もない平城は、今川の館のままだと言って、おまえは懐かしがっていましたね。

それどころか、家康どのが育ったころから変わっていないとのこと。今川家は強大だったから、攻め込まれて防ぐことなど考えもせず、ずっと平城のままだったのでしょう。

駿河は気候が温暖で、海のものも山のものも豊かで、富士山が目の前。

そのうえ今川義元どのが都から呼び寄せた大工や庭師など、さまざまな職人たちが、美しいものや楽しいものを作りだして、岡崎や浜松とは比べものにならないほど、華やかで立派な町でした。おまえが駿府が好きだったと言った理由が、よくわかりました。

家康どのは私を駕籠に乗せ、おまえも近習《きんじゅ》たちも馬に乗って、有度山《うどやま》に登りましたね。日本平《にほんだいら》ともいって、その名前の通り、緩やかな勾配の山でした。

頂上まで登り切って東を向くと、それはそれは素晴らしい眺めが待っていました。真っ青な入江が広がり、その先に雄大な富士山が見渡せるのです。こんな景色は、おそらく、ふたつとないことでしょう。

家康どのは富士山から視線を外し、南方向を振り返って言いました。

「ここから、ちょっとした谷を越えると、山続きの久能山《くのうざん》に至る。久能山の南斜面は切り立っていて、駿河湾に面している。その頂上に、武田信玄が死ぬ前に城を建てた。久能城という山城だ」

駿河湾の水軍を見張るためのお城で、そちらも海の眺めが素晴らしいとのこと。それから家康どのは意外なことを言い出しました。

「久能城こそ、駿府城の本丸だ。それを康俊、おまえにやろう」

おまえは驚き、慌てて首を横に振りましたね。

「私は合戦にも出られず、何の手柄も立てていませんので、そんな城をいただくわけにはいきません」

「いや、おまえは大きな手柄を立てた。十二の歳から人質に出て、一向一揆の危機から岡崎城を救った。十九歳のときには、冬山越えという最大の難敵を退けた。指を失った足は、そのときの名誉の負傷だ」

家康どのは改めて山裾を見渡しました。

「この有度山と久能城を、おまえに与えるために、私は武田と戦った。とてつもない敵だったが、おまえにやる褒美は、これしかないと思ったからこそ、戦い続けて勝利したのだ。だから受け取れ」

おまえは涙ぐんでいましたね。そして声を潤ませて答えたのです。

「身に余る褒美です」

そして、おまえの正室のお真佐と、ひとり娘で十歳になった姫を呼び寄せ、私も一緒に久能城に住まわせてもらいました。幸せな日々でした。

まもなく別の問題が起きました。羽柴秀吉《はしばひでよし》どのが、信長どのの跡を引き継いで大きな力を持ち、できたばかりの大坂城に、しきりに家康どのを呼びたがったのです。

なんとか格好をつけて臣従させようと、正室のいない家康どのに、自分の妹、朝日姫《あさひひめ》をもらえと言い出しました。

実質的な人質ではありますが、そうすれば家康どのと義兄弟の縁を結べます。ただの家臣ではなく、義理の弟として大坂城に来てくれという意味でした。

こちらの家来衆は猛反対でした。

「あんな猿の妹など、色黒の猿面に決まっている。そんな奥方など、わが殿に相応《ふさわ》しゅうないわッ」

朝日姫は前夫と離縁させられて、再縁させられるとか。歳《とし》は四十四で、家康どのより一歳下とはいえ、今さらという思いは本人にもあったでしょう。

いろいろと噂が飛び交って、家来衆は断固、受け入れるつもりはありませんでした。そんなときに、おまえの持病が急に重くなったのです。久能城に入って四年目のことでした。

家康どのが心配して、わざわざ岡崎城から見舞いに来てくれました。そのときは、もうおまえは起き上がることもできないほど、衰弱していました。

それでも家康どのの顔を見ると、嬉しそうに微笑んだのです。でも言葉は気弱でした。

「兄上、私は、もう駄目です」

家康どのは励ましてくれました。

「何を申すか。まだ若いではないか」

おまえは三十代の半ばでしたね。

「いいえ、自分の体のことは、自分でわかります。でも死ぬ前に、ふたつばかり、聞き入れていただきたいことがあります」

「遺言のようなことを聞く耳は持たぬが、おまえの望みならば、いつでも聞こう」

「では、ひとつめのお願いですが」

おまえは苦しそうにしながらも、はっきりと申しました。

「朝日姫さまを正室として、お迎えください」

家康どのは、かすかに眉をひそめました。でも、おまえは言葉を続けました。

「兄上と、さほど変わらぬお歳で、離縁までさせられて、朝日姫さまは、どれほど哀しいことでしょうか。そこまでして人質に来てくださろうというのです。ならば、きちんとした正室の待遇で、お迎えするのが礼儀ではないでしょうか」

長く人質に出たおまえだからこその、重みのある言葉でした。

「兄上としては、秀吉どのに臣従するのは不本意でしょう。でも家中のためです。短い期間でしたが、信長さまには臣従なさいました。どうか今度も、こらえてくださいませ」

秀吉どのの申し出を拒み続ければ、大きな合戦を招きかねません。とうとう家康どのは、うなずきました。

「わかった。おまえの頼みでは断れぬ。朝日姫をもらうことにしよう」

おまえは笑顔を見せましたね。

「では、ふたつめですが」

家康どのは冗談めかして聞きました。

「難しい注文ではなかろうな」

「いいえ、今の話ほど難しくはありません。私の墓のことです。どうか浜松の西来院に建ててください」

また家康どのの顔が曇りました。

「あそこは駄目だ。因縁が悪すぎる」

「築山どののお墓があるからですか」

「その通りだ」

「だからこそ、そこに葬っていただきたいのです。築山どのの墓の隣に、どうか私の墓を」

「何を申すか」

「築山どのの恨みを、なだめて差し上げたいのです。未来永劫、そばに寄り添って」

私は驚きました。おまえが、そんなことを考えていようとは。

家康どのは不愉快そうに言いました。

「おまえが、そんなことを気にすることはない。瀬名のことなど、放っておけばよいのだ」

「いいえ、放っておけることではありません。徳川家代々の安泰がかかっているのです。このままでは、誰も香華をたむけに来ないでしょう」

おまえは懸命に訴えました。

「私は子供のころに人質に出たきりで、家中のために何もできませんでした。でも、築山どのの鎮魂ならできる。おそらく私しか、やろうとはしないでしょう。私だからできることです。私だって、まだまだ家中の役に立ちたいのです」

　私は、おまえが甲斐から戻ってきたときに、命を落とした五人のことを思い出しました。その親や妻たちは揃って申しました。

「お役に立てて、本人も本望でしょう」

　皆、役に立つことが、何よりの望みなのですね。おまえは合戦で役に立てなかったからこそ、つらかったのだと気づきました。

　そのとき、後ろに控えていたお真佐が、口を開きました。

「どうか、お聞き届けくださいませ。もう何年も前からの、お望みなのです。築山どのが亡くなられて、すぐ後から仰せだったのです」

　私は思い当たりました。家康どのが築山どのの恨みを気にしていることを、おまえに話して聞かせたときに、おまえは黙り込んでしまいました。あのときから決めていたのですね。それを自分の役目にしようと。

　おまえは弱々しい声で、それでいて自分の意思を、はっきりと示しました。

「徳川家の安泰を、私に託してくださいませ。私なら、築山どのも心を許してくださると思うのです」

　それでも家康どのは、首を縦に振ろうとはしませんでした。

　帰りがけ、私は玄関まで見送りに出て申しました。

「あんなに望んでいるのです。かなえてやりませんか。あれほど清らかな心の持ち主なら、たしかに築山どのの魂も和らぐことでしょう」

するし家康どのは、いっそう厳しい顔になり、それから、ようやく首を縦に振りました。

「わかりました。康俊の望む通りにしましょう」

そう話す端から、家康どのの大きな目に涙が溜《た》まりました。

私が息子の涙を見たのは、赤ん坊のとき以来でした。それほど家康どのにとって、妻子殺しの罪は重かったのでしょう。それを取り除こうというおまえの気遣いには、泣くほどの重みがあったのです。

それから家康どのは、ひとつめの頼みを聞き入れました。すぐに秀吉どのに輿入《こしい》れの承諾を知らせたのです。

それを知ると、おまえは本当に嬉しそうでしたね。そして初夏の風が吹く、爽やかな日に、ひっそりと息を引き取りました。

朝日姫が浜松城に嫁いで来たのは、その、ひと月あまり後でした。

そして今、おまえの墓は、ここにあります。お隣の築山どののお墓も、穏やかな様子ですよ。おまえが近くにいてくれて、安心しているのでしょう。

おまえの跡目は、おまえとお真佐のひとり娘に、水野家から婿養子を迎えて継がせることにしました。その子々孫々が、おまえの菩提を弔うのと一緒に、築山どののお弔いもしてくれましょう。

徳川家は未来永劫、安泰です。おまえの戒名を見ていると、そう信じられます。

「善照院殿泉月澄清大居士」

今宵《こよい》も清く澄んだ月が、泉に映っていることでしょうね。

# 第四章　北《きたの》政《まん》所《どころ》

## 慶長《けいちょう》五（一六〇〇）年九月十四日京都・豊臣家《とよとみけ》新城にて

わらわが北政所《きたのまんどころ》と呼ばれるようになって、十五年になろうか。

本来は関白《かんぱく》の妻の呼称ゆえ、秀吉どのが関白から太閤《たいこう》に変わった時点で、わらわも北政所ではなくなったはずであった。なのに夫が亡くなった今も、そう呼ばれている。まあ、ほかに呼びようもないのであろう。

もともとは夫が関白やら太閤やらになろうとは、夢にも思わなんだ。最初は、ただの足軽大将の木下藤吉郎《きのしたとうきちろう》と、お寧《ね》という、どこにでもいそうな夫婦だったのじゃ。

孝蔵主《こうぞうす》、そなたが、わらわに仕え始めたのも、十五年前であったな。以来、ずっと、わらわの侍女の中で、いちばんの賢女じゃ。

ゆえに、そなたに頼む。明日、夜が明けたら、琵琶湖畔の大津《おおつ》まで使いに行っておくれ。

まもなく天下分け目の合戦が始まる。徳川どのの東軍が江戸から西進してきて、おそらくは一両日中には、石田三成《いしだみつなり》らの西軍とぶつかろう。戦場は、琵琶湖畔から東の山を越えた、関ヶ原《せきがはら》辺りであろうか。

徳川どのの軍勢が京大坂を離れた隙に、西軍は徳川どのの伏見城《ふしみじょう》を落とした。これで東西は手切れとなり、天下分け目の合戦の前哨戦《ぜんしょうせん》が始まったのじゃ。大津の城も同じように、西軍一万五千に取り囲まれて、もう何日も経《た》つ。

そなたも存じおろう。大津の城主の妻は、お茶々《ちゃちゃ》の妹、お初《はつ》どのじゃ。なんとしても助けたいと、お茶々も望んでいる。落城せぬうちに開城せよと、そなた、なんとか説得してもらいたい。

天下分け目の開戦前に開城しておけば、東西どちらが勝とうとも、悪い結果にはならぬ。西軍が勝利すれば、すでに和議を結んでいることになるし、東軍が勝っても、ここまで持《も》ち堪《こた》えたのだからと言い逃れができよう。

明日は早いし、大事な役目ゆえ、もう休むがよい。え？　話を？　都から大津までの輿《こし》の中で休むと申すか。

そうか、いずれにせよ、今宵《こよい》は気が張って眠れはせぬか。そうじゃな。今までにない大きな合戦じゃ。そなたが巻き込まれぬとは限らぬし、わらわの身も危うくなるやもしれぬ。たがいに命がけの立場じゃ。今生の別れと覚悟して、話でもしようか。

それがよい。そういたそう。そなたには大事なときに、ずいぶん役に立ってもらったのに、今まで、ゆるりと話したこともなかったしな。

わらわは今度の合戦で、東西どちらが勝っても、豊臣家が生き残れるようにと、そこに何より心を砕いてきた。

亡き秀吉どのの菩提《ぼだい》を弔うために、わらわは大坂城西の丸から、この都の屋敷に移ってきた。賢いそなたには、もうわかっていようが、弔いは口実で、実は豊臣家の存続のための引っ越しであった。

大坂城に残った秀頼《ひでより》とお茶々は、すでに西軍に担がれた。もし、わらわも大坂城に留《とど》まっていたら、やはり西軍に取り込まれたであろう。それでは西軍が負けた場合に、豊臣家も滅びる。

お茶々と秀頼が西軍、わらわが東軍に傾く形で均衡を取り、今度の合戦をやり過ごすしかない。

もし西軍が勝てば、わらわが責を負って死ねばよい。反対に東軍が勝ったら、わらわが徳川どのを説き伏せる。まだ八つの秀頼は担がれただけで、なんの科《とが》もないのだと。

ただ本音を申せば、東軍に勝たせたいところじゃ。

昔から、わらわも秀吉どのも子供好きで、それでいて子が授からなかったゆえ、養子を迎えたり、里子を預かったりして、大勢で賑《にぎ》やかに暮らした。

加藤清正《かとうきよまさ》や、福島正則《ふくしままさのり》なども子供のころから、わが家で育ててきた。武芸にひいで、秀吉どのの子飼いの武将として、名をあげてきた者たちじゃ。

秀吉どのの家来には、彼らのほかに、秀吉どの自身が、諸国で才を見出《みいだ》して雇い入れた者もいる。石田三成が、その好例であろう。

いずれも一癖も二癖もある武将たちじゃ。秀吉どのだからこそ、彼らをまとめ上げられた。その要がなくなったとたんに、彼らの間で対立が起きた。

特に加藤清正や福島正則らは、ここのところ徳川どのを頼りにするようになった。それを悪いと申すわけではない。

徳川どのは、秀吉どのとは、ずいぶんお人柄が違う。秀吉どのは直感と速攻の人で、その勢いに人は付き従った。がむしゃらさに引きずられたと言っても、よいかもしれぬ。一方、徳川どのは、あの思慮深さと手堅さゆえに、信用される。

孝蔵主、そなたも惚《ほ》れはせなんだか、徳川どのに。そうか、そうであろう。かく言うわらわも、少々、憎からざる思いがある。秀吉どのに惚れたのとは、少し違って、男が男に惚れるのと似ているかもしれぬ。

それでも亡き秀吉どのが、こんなことを耳にしたら、さぞや妬《や》くであろう。でも、よいのじゃ。女のことやら何やらで、わらわも、さんざん辛抱させられたゆえ。

若かりしころの秀吉どのには、村の娘たちが、こぞって夢中になったものじゃ。当時から猿顔であったのにのォ。いちど見たら忘れられぬお顔立ちでな。それがかえって、よかったのかもしれぬ。

いやいや、そんな話よりも、もっと大事な話をせねば。何を話そう。

何？　やはり秀吉どのとの馴《な》れ初《そ》めがよいと？　誰が秀吉どのと引き合わせたかと？　いやいや、引き合わせた者などおらぬ。わらわが勝手に惚れたのじゃ。好き合って一緒になるなど、武家では珍しかろう。

思えば、初めて会ったのは秀吉どのが二十代半ばで、わらわは二十歳《はたち》前じゃ。秀吉どのは尾張中村の農家の生まれで、父親は合戦になれば、足軽として織田家に馳《は》せ参じる身であった。

秀吉どのは志が大きく、足軽に留まる気などなかった。若くして家を飛び出して、あちこちで武家奉公したそうじゃ。父親が早くに亡くなって、継父との仲が悪かったせいもあったらしい。

だが武家奉公は上手《うま》くいかず、結局は尾張に戻ってきて、織田信長公に召し抱えられた。そんなときに、わらわと出会ったのじゃ。

どこに惚れたかといえば、そうじゃな。なんといっても、話がうまかった。いつも満面の笑みで、元気いっぱいに話す。身軽で、万事、まめであったし。

両手を大きく広げて「わしは大出世する」と大言壮語するのを聞くと、こちらも、つい本気にさせられてしまうのじゃ。

こんなことは、そなたにしか聞かせられぬが、気がついたら、男と女の仲になっておったわ。まったく手も早くてのォ。

一緒になろうと誘われて、わらわが親に打ち明けたところ、母は猛反対じゃ。わらわの父は、まがりなりにも武家の端くれだったのでな。猿顔の足軽風情に娘を傷ものにされたと、たいへんな憤りであった。

さんざん罵られもした。「あんな男の、どこがええんじゃ？」と。今になって思えば、たいした身分差でもなかったのだが。

ずいぶん後になってから、あれほど娘たちに惚れられたのに、なぜ、わらわを選んだのか、本人に聞いてみたことがあった。すると、こう言うた。

「お寧は目上の者に物おじせず、目下の者にも、よく気働きができる。そこがよかった」

それに、わらわが「高嶺《たかね》の花」であったところも、心惹《こころひ》かれたそうじゃ。そういえば秀吉どのは、一生「高嶺の花」好みであった。そして自分が「高嶺の花」に見合う男になろうと、並々ならぬ努力をするのじゃ。

その結果、結婚後に出世はしたものの、さっそく浮気じゃ。わらわには子ができなかったゆえ、ろくに文句は言えなんだが、あまりに女遊びがすぎて、信長公に言いつけたことがあった。

するのと慰めのような、励ましのようなお手紙を頂いたのじゃ。「そなたは、あの禿《は》げ鼠《ねずみ》には、二度と出会えぬような女房なのだから、嫉妬などせずともよい」と。男の言い分ではあるけれど、少しはいい気にさせられたものじゃ。

されど、それを読んで、ふと気づいたことがある。わらわは大した高嶺ではなかったし、常に上を向いていなければ、夫に置いていかれると。

以来、合戦のことはもとより、どこに、どんな武将がいて、どんな得意技を持っているのか、どんな家族がいるのか、何を好むかなど、片端から頭に入れた。そして秀吉どのが望んだ以上に、広く周囲に気を配るようにしたのじゃ。

若き秀吉どのは女だけでなく、男たちにも、とてつもなく人気があった。出世していくにつれ、特に下の者たちの憧れになった。力いっぱい頑張れば、出世できるという夢を、実践してみせるのだから。

わらわが惚れ直したのは、本能寺の変の後、中国大返しじゃ。あのとき秀吉どのは、織田家屈指の武将として、備中《びっちゅう》高松に遠征中であった。だが信長公が謀反で命を落とされたと知って、わずか十日で、軍勢を大坂まで戻したのじゃ。

自身が馬で駆けるのはもとより、徒《かち》のひとりひとりまで鼓舞して、走り続けさせる力量は、ほかの誰にも真似《まね》できぬ。

そして大坂と都の境目である山崎《やまざき》の地で、謀反者の明智光秀《あけちみつひで》と戦って、見事に勝利した。主人の仇《かたき》を討ったわけで、大義名分の立つ結果であった。

その後、秀吉どのは、信長公の孫に当たる幼い三法師《さんぼうし》を担ぎ、みずからを後見人と称して、織田家中の武将の中で一歩抜きん出た。天下取りに向けて踏み出したのじゃ。

信長公の葬送も、都で華々しく行なった。そのとき、わらわは公家《くげ》屋敷やら寺やら、都中を走りまわって、葬儀の段取りをつけた。

以来、公家衆との関わりは、わらわの役目になった。帝《みかど》から関白の位を賜るときも、ずいぶん働いたつもりじゃ。

こんなことを言っては、ばちが当たるかもしれぬが、公家衆は気位が高くて、それはそれは扱いづらい。都人特有の、もってまわった言いまわしも、最初は、よくわからなんだ。言葉に裏があって、聞いた通りに受け取るわけにはいかぬ。

そう気づいたときには、尾張で生まれ育った身としては「えりゃあ、ややこしいことだがね」と困惑するばかりであったわ。今になってみれば、笑い話ではあるけれど。

朝日姫の徳川どのへの輿入れも、骨が折れたものじゃ。朝日は秀吉どのの妹で、わらわには義理の妹に当たるが、もともとは親の言う通りに、近くの農家に嫁いだのじゃ。

秀吉どのは出世するに従って、妹の夫にも相応の地位を与えたものの、何かと気に入らなんだ。

「わしが、まっと早《はよ》う出世しとったら、あんな男に嫁がせんかった。いっそ離縁させて、どえりゃあ武将と再縁させせよまいか」

日頃から、そんなふうに話していた。

朝日も兄に似て、なかなか勝気なところがある。頭も悪くない。夫が凡庸に思えて、何かといえば、わが家に来て愚痴をこぼしたものじゃ。

「あんな男の嫁になってまって、とろくせえことじゃ」

尾張の小牧《こまき》や長久手《ながくて》あたりで、徳川どのの軍勢と合戦があったのは、そんなころじゃ。当時の徳川どのは、三河から遠江、駿河までを持つ大大名であった。それが信長公の次男、織田信雄《のぶかつ》どのと手を組んで、秀吉どのに敵対したのじゃ。

珍しく秀吉どのは苦戦した。そこで、まずは織田信雄どのを懐柔してから、徳川どのとの和議に持ち込んだ。そういった策略も、秀吉どのは得意であった。

当初は、もちろん勝つつもりであった。勝って徳川どのを招こうという心づもりで、大坂城の築城も急いでいた。城に来させるというのは、家臣として従えるという意味じゃ。

かつて信長公も徳川どのを招こうと、前代未聞の安土城をこしらえ、その饗応《きょうおう》係を明智光秀に命じた。

だが、これが上手くいかず、信長公が苛立《いらだ》って、こじれた末に本能寺の変に至ったといわれている。徳川どのを城に招くのは、それほど難しいことなのじゃ。

されど徳川どのを従えねば、天下は取れぬ。もし小牧長久手の合戦で圧勝できていれば、しのごの言わせずに大坂城に来させられたが、現実は和議を結ぶに終わった。

秀吉どのは、つらつら考えた。そして主従の関係が目立たぬように、義理の弟という形で来させようと思いついたのじゃ。

そこで目をつけたのが朝日であった。もともと気に染まぬ夫を離縁させて、徳川どのに再縁させようというのじゃ。

徳川どのは築山どのという妻を亡くして以来、正室を持っておらぬ。そこに送り込もうという魂胆であった。

朝日自身は夫の愚痴はこぼしていたものの、離縁までは考えておらず、仰天して、わらわに泣きついた。

「勘弁してちょ。兄者に似て、この猿顔だで、そんな大大名にゃ似合わせん。だいいち、もう四十四だがね。あっちの家来どもにも、妾《めかけ》どもにも笑われるでよ」

朝日の言い分ももっともで、徳川どのも迷惑がるのは目に見えている。わらわは秀吉どのに「考え直して欲しい」と頼んだが、頑として受けつけぬ。

「嫁に行くちゅうのは口実だでよ。まあ、家康が大坂城に来る間の人質だがや。用が済んだら、ちゃっと帰ってくれればええがね。朝日が行ってくれな、また合戦になってまうんだわ」

人質なら、わらわが行くと言ってみたけれど、義兄弟になるという点が大事なので、朝日でなければ駄目だと言い張る。

結局は無理矢理、朝日を徳川どのの浜松城に送り込んだ。百五十人もの大行列であった。秀吉どのは、今度こそは大坂城に来させると張り切った。

でも徳川どのは来なかった。

すると今度は、母親を差し出すと言い出したのじゃ。娘の朝日に会いに行くという口実で。

わらわにとっては姑《しゅうとめ》じゃ。もうお歳《とし》だし、あまりに気の毒で反対した。だが姑どのは秀吉どのの母だけに、肝が据わっていた。

「こんな歳になって、まんだ息子の役に立つなら、ありがたいことだなも。どこにでも行くがね」

秀吉どのの母への想《おも》いは深い。そこまで親に言ってもらえて、自分は果報者だと涙ぐんだ。そして、ふたりめの人質として、母親を浜松城へと送り出したのじゃ。さすがに心配顔ではあったけれど。

すると徳川どのも、今度ばかりは重い腰を上げて、大坂城にやってきた。

挨拶の場には、わらわも出て、初めて徳川家康という武将に会ったのじゃ。目力の強い、堂々たる体格であった。どう考えても、朝日では見劣りする。

「よう来た。よう来た」

秀吉どのが大喜びすると、下座の徳川どのは控えめに言った。

「大事な母堂さまにまで来ていただいたからには、こちらから挨拶に参上しなければ、失礼になりましょう」

徳川どのが浜松に戻ってから、姑どのが上機嫌で帰ってきて、こう言った。

「息子の役に立てたし、合戦もせんですんで、あんばいようった。どえりゃあ満足だで」

ただ浜松では、老母と娘がいた離れ家の周囲に、柴《しば》が積み上げられて、もし大坂で徳川どのの身に何かあった場合には、すぐ火をつけると脅されたという。

それを聞いた秀吉どのは、真っ赤になって怒り出したが、姑どのは笑った。

「まあ、ええがね。家来も主人の身が心配だがね。それに徳川どのは、あんな猿面の朝日を、ちゃんと女房扱いしとらっせた。ありがてえことだわ」

でも朝日は、それも窮屈がっているとか。

「えりゃあ帰りたがっとるで、ちゃっと迎えを出してやってちょうよ」

朝日が帰ってこられたのは二年後であった。秀吉どのとしては、すぐさま連れ戻すのでは、あまりにあからさまだとして、ためらったのじゃ。

それも最初の里帰りは、姑どのの病気見舞いという名目で来て、また浜松城に戻った。母娘で暮らせるようになったのは、もう一年先のことじゃ。

いずれにせよ浜松への輿入れは、朝日には荷が重かったのかもしれぬ。帰ってきた翌年の正月には、病を得て亡くなった。四十八歳であった。可哀想《かわいそう》なことをしたと、秀吉どのは大泣きに泣いた。


わらわに苦労が待っていたのは、秀吉どのの天下統一の後であった。まったく老いとは怖いものよ。若いころには、あれほど魅力的だった人が、老いるにつれて変わっていったのじゃ。それも、よくない方向に。

こんなことも、そなただから話すが、晩年の秀吉どのを、わらわは憎んだ。わらわのことを糟糠《そうこう》の妻として、誉《ほ》めたたえる声も聞くけれど、さほど立派なものではない。寝首を掻《か》いてやろうと思ったことさえある。

されど秀吉どのがいなくなれば、せっかくの天下統一が無に帰す。武将たちの要になってきた人だけに、亡くなれば、たちまち合戦が再燃する。そのために、わらわは耐え忍んだのじゃ。

思い返せば、変わってしまったきっかけは、鶴松《つるまつ》の死であった。お茶々が産んだ、ひとりめの子じゃ。

ただし秀吉どのにとっては、最初の子ではない。三十代半ばで琵琶湖のほとりにお城を建てて、初めて城主に納まったころ、側室が男の子を産んだことがあったのじゃ。石松丸《いしまつまる》と申してな、わらわも、たいそう可愛《かわい》がった。利発な子であったが、幼くして亡くなった。女の子が生まれたこともあったが、やはり育ちはせなんだ。

ひとりも授からなければ、諦めもついたであろうが、ふたりも生まれただけに、またできるのではと期待が捨てられなかった。

それで、むやみに側室を増やしたのだが、なかなか子は授からなかった。

でも秀吉どのが五十三歳になって、ようやく、鶴松が生まれたのじゃ。お茶々の手柄に、手放しの喜びようであった。わらわも嬉《うれ》しかった。

さっそく秀吉どのは伏見からほど近い淀《よど》の地に、産屋がわりの城の建設を命じた。お茶々は、そこで暮らすようになり、淀の方とか淀殿とか呼ばれるようになったのじゃ。

そのころ秀吉どのは、刀狩りも進めておいでであった。合戦をなくすために、下々から槍《やり》や刀を取り上げたのじゃ。同時に都に大仏を建立しており、集めた槍や刀は、大仏殿の釘《くぎ》などに鋳直されると触れていた。

すると聚楽第《じゅらくだい》の門に、こんな落首が墨書されたのじゃ。

「大仏の功徳もあれや槍かたな　釘かすがいは子だからめぐむ」

秀吉どのは激怒した。

「わしを胤《いね》なしと笑い、お茶々の腹の子を偽胤と見なしたのじゃッ。許せぬッ」

そうして落首が書かれた当夜、門の警備に当たっていた番衆十七人の責任を問い、全員の鼻や耳を削《そ》ぎ始めた。

わらわは必死に止めた。

「あなたが大仏さまに功徳を積んだからこそ、子宝に恵まれたという意味でございましょう。何も腹を立てるものではありません」

「いや、都の者どもは、こんな言い方で、人をあざ笑うのじゃ。放ってはおけぬ」

「いいえ、たとえ、そんな意味があったとしても、黙って消せばすむものを。騒ぎを起こせば、勘繰る者が増えるばかりです」

されど秀吉どのは聞き入れぬ。十七人すべてを処刑したのじゃ。落首を書いた犯人でもないのに。

わらわは腹立ちのあまり、大声で言い立てた。

「あなたこそ、お茶々を疑っているのではありませんかッ。わが胤に間違いないと自信を持てぬゆえ、くだらぬ落首などに、目くじらを立てるのでしょうッ」

秀吉どのの顔色が変わった。まさに憤怒《ふんぬ》の様子で、わらわは殺されるかもしれないと覚悟した。されど殺されても、かまわなんだ。わらわ以外に、秀吉どのに物申せる者などおらぬのだから。

だが、これは火に油を注ぐことになった。秀吉どのの怒りは、いよいよ凄《すさ》まじく、落首を書いた犯人が名乗り出るまで、町の者どもを籤引《くじび》きで処刑したのじゃ。その数は六十人とも、百人以上とも噂《うわさ》された。とにかく罪もない大勢の命を奪った。

そのころには、わらわに軽口をたたく公家衆はいなくなった。それほど深刻な事態に陥っていたのじゃ。

わらわは秀吉どのに冷ややかに言うた。

「罪もない者の命を奪って、どれほど太閤さまの名が地に落ちたか。よくよく、お考えください。人心が離れたら、誰もついてきません。今まで足軽から太閤まで駆け上がって、多くの者たちが憧れ、敬いましたが、何もかもおしまいです。それに殺した者どもの恨みが、お茶々の腹の子に向かいでもしたら、どうなさるのですか」

秀吉どのは青くなった。それで一転、人気取りに出た。膨大な金銀を、都の寺社はもとより、公家や大名にまで大盤振る舞いしたのじゃ。

されど鶴松は幼くして亡くなってしまった。

秀吉どのは悔い、落ち込み、何もかもやる気が失《う》せて、とうとう関白を辞めると言い出した。それで甥《おい》にあたる秀次《ひでつぐ》に、関白の座を譲ったのじゃ。

関白屋敷として、聚楽第という豪華絢爛《ごうかけんらん》な屋敷を都に建てたのだが、それも秀次に与えてしまい、自身は伏見に隠居城を建てて暮らした。

でも、それで終わる秀吉どのではなかった。気持ちを奮い立たせるかのように、大々的に朝鮮に出兵すると宣言したのじゃ。海を渡ってまで合戦をしかけるとは、わらわには理解できぬ話であった。

されど秀吉どのの威勢のよさに、豊臣の家中は熱狂するばかり。九州西北端の肥前名《ひぜんな》護屋《ごや》の岬に、渡海の足掛かりとなる城を建て、諸大名にも、いっせいに陣屋を建てさせた。手つかずの森だった岬に、急に武家の都が現れたのじゃ。

日本中から人が動き、ものが動き、町ができるのだから、景気がよく、活気のあること、この上ない。そのうえ戦場は、はるか海の向こうで、こちらは痛くも痒《かゆ》くもない。

朝鮮は合戦慣れしておらず、あっという間に、都である漢城《かんじょう》が落ちた。そうなると秀吉どのの鼻息は、いよいよ荒く、大明国《だいみんこく》まで攻め入ると言い出した。

本来、朝鮮出兵は、明国との貿易の布石であった。明国は中華思想によって、朝貢貿易しか認めていない。周りの野蛮な国々が、宝石や香木のように価値のあるものを献上すれば、薬や美しい織物や焼物を下げ渡すという形じゃ。

だが秀吉どのは対等な貿易を望んだ。そのために朝鮮を従えて、日本の力を、明国に見せつけようという腹づもりであった。

漢城が陥落すると、明国側も放ってはおけなくなり、大がかりな援軍を送ってきた。以来、日本軍は旗色が悪くなったのじゃ。

日本から兵糧を運ぶ船が沈められて、戦場に米が届かなくなった。前線の加藤清正や福島正則たちは、飢えとの戦いを強いられた。

それに朝鮮は肥前名護屋よりも、ずっと北にある。冬は雪が降り積もり、寒さとも戦った。武将たちは合戦で討ち死にするのならまだしも、飢えや寒さで死ぬなど、無駄死にとしか思えなかったであろう。

兵糧を送る役目は石田三成が務めていたが、ここから豊臣家臣同士の対立が始まったのじゃ。命のかかった対立だけに深刻だった。

朝鮮との和議を進めようという動きもあったが、秀吉どのは相変わらず強気で、戦いは終えられなかった。

秀吉どのは肥前名護屋の城に、お茶々や側室たちを引き連れて行った。

わらわは伏見城に残っていた。いわば公家衆の見張り役じゃ。秀吉どのが留守の間に、公家衆が諸大名と繋《つな》がったりせぬかと、案じていたのでな。

お茶々の二度目の懐妊がわかったのは、本人が名護屋から、こちらに戻ってきてまもなくであった。前にも子ができたからこそ、今度もという思いで、わらわも大喜びした。

秀吉どのはすぐにでも、伏見に戻ってきたい様子であった。しかし飢えや寒さの中で戦い続ける家臣たちの手前、かろうじて名護屋に留まった。

そのころから公家衆は、わらわに申した。

「ほんまに太閤さまのお胤は、並の男とは違《ちご》てはりますなァ。たくさんご側室を抱えはって、その中でも同じご側室のお腹《なか》に、二度も、お子を仕込まはるとは、さぞ、ご寵愛《ちょうあい》でっしゃろ。いやはや、さすがに太閤さんのお胤ですなァ」

お歯黒の口元を扇で隠しながら、互いに目くばせして笑う。何度も同じことを言われて、わらわは気づいた。これは都人ならではの言いまわしに違いないと。

公家衆は、何人もいる側室の中で、お茶々の腹にだけ二度も子ができたことを怪しんでいたのじゃ。秀吉どのの胤ではないと。

最初の懐妊の際に、聚楽第の門の落首の件で、あれほどおぞましい事件があったというのに、そんなことを申すのかと、わらわは驚くばかりであったが、何気ないふりを装って答えた。

「いちど子ができた側室ゆえ、ほかの側室には目もくれずに、一途《いちず》に寵愛しておりました。その望みが、かなったのでしょう」

こんなことも言われた。

「茶々どのは果報者よのォ。もともと小谷城《おだにじょう》の姫ぎみで、太閤さまには恨みも持っていように。太閤さまのお子を、二度もはらまはるとは、いやはや立派なお心がけじゃ」

お茶々が生まれ育った小谷城を、織田方の先陣として攻め落とし、父親を死に追いやったのは、ほかでもない秀吉どの。だから、お茶々は秀吉どのに恨みを持っていて、それを晴らすために、偽胤を仕込んだのだと、これも含みのある言葉であった。

これには驚くよりも、腹が立ったが、また平静を装うしかなかった。

公家衆は、わらわが、お茶々と仲が悪いと思い込んで、お追従のつもりで、そんなことを聞かせるのであろう。お門違いも、はなはだしいことよ。

それから月満ちて、お茶々は元気な男の子を産んだ。秀吉どのの喜びようと心配のしようと言ったら、言葉には言い表せぬ。

今度は「捨て子は育つ」という俗言を信じて、生まれたての赤ん坊を、わざわざ城外に捨て、改めて拾ってきたのは、よく知られていよう。名前も拾丸《ひろいまる》とつけた。

それが功を奏したかどうかはわからぬが、拾丸は元気に育った。すると秀吉どのは、秀次に関白を譲ったことを悔い始めたのじゃ。

「拾丸が生まれるのがわかっていれば、甥になど譲位しなかったものを。早計であった」

わらわは軽く受け流した。

「ならば拾丸に、秀次の娘を妻合《めあ》わせることにして、いずれは拾丸を関白にすれば、ようございましょう」

「そうだな。そうしよう」

秀吉どのも前から考えていたようであったし、お茶々も、この縁組を喜んだ。

ただ秀次には正室のほかに、三十人を超える側室がいて、男児も四人いた。秀次としては、その中のひとりに跡を継がせたかったかもしれぬ。それが人情であろう。

それでも秀吉どのの申し出を拒んだわけではなく、特に波風が立つ気配はなかった。

拾丸が二歳になった年の夏のこと、豊臣家の奉行を務めていた石田三成らが、秀次に「謀反の兆しがある」と疑い、突然、聚楽第を訪れて詰問したのじゃ。

秀次は事実無根と驚き、その場で誓紙を書いて、三成に渡した。そして、すぐにわらわに使いをよこして「太閤さまの誤解を解いて欲しい」と頼んできた。

謀反の理由とされたのは、朝廷の斎日《いみび》に狩猟に出たとか、その際に秀吉どのを快く思わない者どもと談合したとか。はたまた秀吉どのに代わって、朝鮮に渡海する話があったのに、それを拒んだとか。

もともと朝鮮出兵自体、秀次は前向きではなかったし、秀吉どの自身が渡海を命じたわけでもない。ただ、そんな秀次を担ぎ出して、停戦に向かおうという動きがあったのは確かだった。

わらわは急いで秀吉どのに会おうとしたが、同じ伏見城内にいるのに、多忙を理由に拒まれてしまった。そのため秀次の使いの者には、「斎日を破ったのが本当ならば、とにかく帝に詫《わ》びよ」と申し渡して帰した。

すぐさま秀次は、宮家や公家に思い切った大金を献上した。詫びのつもりではあったが、金で解決しようとするのは、落首事件の際の秀吉どのと変わらぬ。

しかし三成には、これも謀反の味方を募る工作と見なされてしまった。

とにかく秀吉どのに会わねば何も進まぬ。無理矢理、城内の御座所に押しかけたところ、秀吉どのは、ひどく苛立った様子であった。

わらわは「じかに秀次から話を聞いてやってくだされ」と頼んだ。その結果、秀次には「聚楽第から伏見城に来い」と命令が下ったのじゃ。

ところが秀次は警戒して来ようとしない。そこで、孝蔵主、そなたを聚楽第まで遣わしたわけじゃ。

そなたの説得に従って、ようやく秀次は伏見城下までやってきた。なのに秀吉どのは面談はおろか、登城も許さず、そのまま高野山《こうやさん》に追放してしまったのじゃ。

わらわは腹にすえかねて、秀吉どのに詰め寄った。

「なぜ甥に、こんな仕打ちを?」

すると秀吉どのは声を低めたのじゃ。

「お寧、ここだけの話じゃが、秀次の罪は謀反だけではない。呪詛《じゅそ》もしていたのじゃ」

わらわは耳を疑った。

「秀次が呪詛? 何のために?」

「拾丸に関白の地位を取られぬためじゃ。拾丸だけではない。鶴松も秀次の呪詛で殺された」

「誰から、そんなことを聞かれたのですか」

「覚えておらぬ。でも間違いない。たしかに、誰かから聞いた」

改めて秀吉どのの顔を見て驚いた。何かに取りつかれたかのように、目を見開いていたのじゃ。正気には思えなかった。

「よく、お考えください。拾丸はともかく、鶴松が呪詛されたというのは、妙だとは思いませぬか。秀次が関白になったのは、鶴松が死んでからです。なぜ鶴松を呪う必要がありましょう」

「わからぬ。されど、とにかく拾丸が呪詛されたのが、許せぬ」

わらわは必死に諌《いさ》めた。

「呪詛されたのであれば、それを解けば何とかなります。都でいちばんの高僧に祈禱《きとう》を頼みましょう。それに秀次の次には、かならず拾丸が関白になれるよう、わらわが、かならず朝廷に働きかけますゆえ」

されど正気でない秀吉どのは、どうしても説き伏せられなかった。

お茶々も気づいていた。

「太閤さまは夜も眠れぬほど、謀反と呪詛を案じておいでです。そのせいか、仰《おつしや》ることが日に日に妙になって。おそばで見ていて、なんだか怖くてたまりません」

わらわは呪詛の話そのものが、秀吉どのの空耳だと気づいた。空耳が聞こえるほど、気持ちが追い込まれていたのじゃ。

秀次の母親は、秀吉どのの姉上じゃ。それが、わらわの袖にすがって泣く。

「お寧、なんとかしてちょうよ。秀次が謀反なんて、そんなことあらすか。誤解だで。あのたわけに、そう言ってちょうよ」

わらわとて何とかしてやりたかったが、結局、どうすることもできなかった。秀次は、高野山で切腹を命じられて果てたのじゃ。

されど、それで終わりではなかった。秀吉どのは、秀次の妻妾《さいしょう》と子供たちに至るまで、根絶やしにすると言い出したのじゃ。

妻妾は公家や大名の姫が多く、その実家からも次々と助命を嘆願された。わらわは秀吉どのを必死にかきくどいた。

「合戦で負けたときでさえ、女の命は奪わぬのが武家のしきたりです。こんなことで女子供を殺したら、末代まで太閤さまの汚点になりましょう」

しかし秀吉どのは聞く耳を持たなんだ。結局は三十九人もの女子供が、都の三条河原で処刑されたのじゃ。

まずは子供から殺されたという。幼い子供は、自分のきょうだいが殺されるのを見て、次は自分だと悟り、泣き叫んで殺されたそうじゃ。

母親は自分の死は覚悟できても、わが子が目の前で殺されるのは、耐えがたい苦しみじゃ。女にとって、これほど残酷な刑はない。

怖いもの見たさで、見物に来ていた町の者たちは、あまりの惨状に胸が悪くなったそうじゃ。

今になって思えば、最初から秀吉どのは秀次と、その子供らが邪魔だったのであろう。ただただ拾丸を関白にしたくて。

秀次の方も過敏に反応したのかもしれぬ。わらわは、そなたを遣わして、伏見に呼ばなければよかったと、今でも悔いている。

秀吉どのは人一倍、謀反を恐れる。主君だった信長公が、謀反で命を落としたからじゃ。

本能寺の変は、実は秀吉どのが裏で糸を引いていたと噂する者がいるそうじゃ。信長公が亡くなって、いちばん得をしたのが秀吉どのだからであろう。それに中国大返しは、前々から練っていたからこそできた早業だと見なすらしい。

されどそれは、あまりに邪推というものじゃ。謀反に対する秀吉どのの恐れを知れば、そんなことは、ありえぬとわかる。

秀次に謀反の兆しありと、最初に言い出したのは、ほかでもない石田三成じゃ。それで秀吉どのは逆上した。それが呪詛という空耳にまでつながった。

それゆえ今でも、わらわは三成を許せぬ。それゆえ今度の天下分け目の合戦で、わらわは、けっして三成に味方はせぬ。


秀次切腹の翌年には、秀吉どのは、まだ四つの拾丸を元服させて、豊臣秀頼と名乗らせた。その翌々年には、秀吉どのは重い病に臥《ふ》し、死を覚悟された。すでに豊臣家は秀頼を中心に、五大老と五奉行の体制ができていた。その大老筆頭である徳川どのを、秀吉どのは枕元に呼んで「くれぐれも秀頼を頼む」と遺言した。

それを、わらわは冷ややかな思いで見ていた。正直なところ、老いて残忍になった夫など、とっくに見限っていたのじゃ。若かりしころの木下藤吉郎とは、まったくの別人になってしまったのが哀《かな》しかった。

どれほど秀吉どのが言葉をつくそうとも、徳川どのには秀吉どのへの恩義はない。まして幼い秀頼に仕えねばならぬいわれは、何もないのじゃ。そんなことも、わからぬようになってしまったとは。

かつて信長公が亡くなった後、秀吉どのは信長公の幼い孫だった三法師どのを担いで、織田家中で抜きん出た。されど、その後、三法師どのを信長公の跡に据えたわけではない。信長公の跡を継いだのは、秀吉どの自身じゃ。密《ひそ》かに、わらわに「子供になど何ができる」と笑ってみせたこともある。

わらわとて秀頼が可愛くないわけではない。なんとかしてやりたい。されど、この厳しい世の中で、誰が他人の子供を尊ぶものか。秀吉どのが尊ばなかったように。せめて秀次が生きていれば、徳川どのの抑えになったやもしれぬ。さすれば秀頼が長じてから、わらわが朝廷にお願いして、関白の座につけることもできた。豊臣家は公家として生きられたはずじゃ。かえすがえすも、切腹が悔やまれてならぬ。

さっきも申した通り、秀吉どのが亡くなるなり、さっそく家中の分裂が始まった。幼い秀頼には、とうてい束ねられぬ。そんなときに徳川どのは、こう申したのじゃ。

「信長公と太閤さまが成し遂げた天下統一を、何より守らねばなりません。憎み合う者はおりますし、合戦で手柄を立てて、身を起こそうとたくらむ者も、まだまだおります。下手をすれば、すぐに乱世に戻ってしまいます」

乱世に戻してはならぬというのが、徳川どのの強い意志であった。わらわは、これぞ次なる天下人《てんかびと》だと確信した。けっして秀吉どののお望み通りではないけれど。

徳川どのは朝鮮から撤兵し、講和の糸口を探し始めた。異国での戦に飽いた加藤清正らが、これを歓迎し、徳川どのになびいたのも、当然の成り行きであった。

秀吉どのは長い間、大きな負け戦を知らなかった。勝ち続けて、家来どもに褒美の土地を、気前よく分け与えてきた。

それゆえ家中こぞって、次なる合戦を待ち望んだ。そうして天下を統一しても、なお合戦に挑んだのが、朝鮮出兵であった。秀吉どのは合戦を終えられぬ宿命だったのじゃ。

一方、徳川どのは大名家の生まれ育ちながら、幼くして人質に出たり、合戦に大負けして命からがら逃げたりと、幾多の苦労を重ねてきた。だからこそ加藤清正らの戦場の苦労を、理解できたのであろう。

そのまま徳川どのに天下を任せればよいものを、石田三成は亡き秀吉どのの遺言にこだわって、徳川どのに反感を募らせた。

それで、わらわは巻き込まれぬよう、大坂城西の丸を出て、京都の、この屋敷に移ることにしたのじゃ。

すると家康どのの使いが、内々に訪ねてきた。西の丸が空くのであれば、徳川の軍勢を入れてよいかどうか、聞きにきたのじゃ。わらわは「いかようにも」と答えた。すると使いの者は、謎かけのように言った。

「もし今後、合戦が起きるのであれば、いちどきりで終えなければなりません。個別に戦っていたら、あちこちで合戦が始まり、乱世に戻ってしまいますゆえ。いちどきりの大合戦で、どちらが勝っても、勝った方が天下を取って、それで天下が治まればよいと、わが殿は覚悟を決めています」

この話に、わらわは頭が下がった。それが本音かどうか定かではないものの、たとえ自分たちが負けたとしても、敵が天下を治めればよいとは、大した心がけじゃ。秀頼を関白にしようと汲々《きゆうきゆう》としていた秀吉どのには、口が裂けても言えない言葉であろう。おそらくは三成にも、それだけの覚悟はあるまい。

実は、徳川方が勝利するように、ひとつ大きな手を打ってある。甥の小早川秀秋《こばやかわひであき》のことじゃ。わらわの実家の五男坊だが、わが家で養子として育てた時期もある。見どころのある子で、秀吉どのも跡継ぎとして目をかけていた。それゆえ木下や羽柴の姓を名乗ったこともあったが、縁あって、毛利家《もうりけ》の分家である小早川家に、十三歳で養子に入れた。毛利の分家だけに、小早川秀秋は当然ながら西軍じゃ。先だっての伏見城攻めにも、西軍として参戦した。

されど天下分け目の合戦には、東軍に寝返るよう、すでに話はついている。西軍には思いもよらぬことで、大慌てになり、それが勝負の鍵になるはずじゃ。

こんな大事な話を打ち明けて、かまわぬのかと？　もちろん、かまわぬ。わらわは、そなたを信じておるゆえ。秀吉どのは人を疑ってばかりであった。疑って疑い抜いて、心を病んだのじゃ。愚かなことよ。

ただ勝負には運もある。いくら秀秋が寝返っても、西軍が勝つかもしれぬし、秀秋が心変わりして、寝返らぬかもしれぬ。

　そのときは東軍が負け、わらわは東軍に味方したとして、三成に追われるであろう。御所に逃げ込む手立てはできているし、命を捨てる覚悟もできている。

　でも気がかりもある。そうなったら、三成らは、わらわとお茶々との対立を言い立てよう。老いた正室が、若い側室に嫉妬して、あるいは子のない正室が、子を生《な》した側室に嫉妬して、それで天下分け目の決戦で、女たちまで角つき合わせたと。

　そうでないことは、そなたには重々わかっていようが、はっきりと話しておきたかった。それで長々と話を聞いてもらったのじゃ。

　とにかく孝蔵主、そなたは夜が明けたら、大津城に使いせよ。開城させて、お茶々の妹御の命を助けるのじゃ。もし、それによって、そなたが都に戻れぬようなことになれば、城内で身を潜めているがよい。

　天下分け目の合戦で、西軍が勝てば、そなたは開城の功労者じゃ。東軍が勝てば、わらわが徳川どのに申し開きをいたそう。今まで西軍を引きつけておいたのだから、東軍にとっては充分な手柄になるはずじゃと。

　この先、わらわがどうするかと？　そうじゃな。もし命あらば、豊臣家の存続に力をつくしつつ、本気で秀吉どのの菩提を弔おうか。

　心中、晩年の夫を見限りはしたが、天下統一は、まぎれもない偉業じゃ。それほどの偉業を成し遂げながらも、罪のない大勢の命を奪ったがために恨まれては、さすがに哀れじゃ。

それゆえ、なんとか秀吉どのが極楽に行かれるよう、わらわは祈願しよう。まがりなりにも四十年近く連れ添ったのだから、今さら見捨てる気はない。

北政所は太閤さまの糟糠の妻、立派な後家と思い込む者はいるであろうが、本音はこれじゃ。

おや、もう外が明るい。さあ、行くがよい。大津城へ。いよいよ天下分け目の合戦が始まろうぞ。

第五章　阿<sub>あ</sub>茶<sub>ちゃの</sub>局<sub>つぼね</sub>

元和《げんな》二（一六一六）年九月二十日江戸城大奥にて

千姫《せんひめ》さま、お久しゅうございます。今日は阿茶《あちゃ》から、お願いがございます。どうか、どうか、ご再縁を、ご承諾くださいませ。これは亡き大御所さまの、たってのお望みでしたので。徳川家康公ともあろう方が、最期まで気にかけておいでだったのが、千姫さまのお先行きなのです。

「お千はまだ二十歳《はたち》なのだから、このままで終わらせたくはない。徳川の都合で、豊臣秀頼に嫁がせて、徳川の都合で寡婦にしてしまった。なんとか幸せにしてやりたい」

たびたび、そう仰せでした。

大御所さまのお望みだからこそ、千姫さまは、お嫌かもしれません。それも道理でございます。

大御所さまが、さんざん謀《はかりごと》を巡らせて、豊臣家を陥れたのは、まぎれもないことですので。まして冬と夏の二度までも、大軍で大坂城を取り囲んで攻め落とし、夫君の秀頼さまを、ご自害に追い込んだのですし。

ええ、今日は何もかも包み隠さずに、お話ししましょう。さすれば大御所さまが孫娘さまを思いやる心に嘘《うそ》はないと、おわかりいただけるはずですので。

私のことも、信用できぬと仰せでしょうね。それも、また道理でございます。冬の陣の和議の場に出たのは、ほかでもない、この阿茶ですもの。あの和議の約束事も散々にされて、さぞや、お腹立ちでしょう。

まずは私自身のことから、お話しいたします。怪しい者ではないと、わかっていただきたいので。

私の父は甲斐の武田の家臣でした。私が嫁いだ先は、もとは今川方でしたが、今川家が力を失った後に武田に転じ、そのころに一緒になりました。婚家で息子をふたり授かりましたが、夫は長篠の合戦で負傷し、それがもとで亡くなりました。

息子が幼くして家を継ぎましたが、信玄どのが亡くなってからは、武田家もまた力を失っていきました。そうなると、徳川方に寝返る者も増えてまいります。

そんな中、私は、たまたま大御所さまのお目に留まって、召し出されたのです。子連れでかまわぬので、浜松城の奥に勤めよと。

大御所さまは三十代の半ば過ぎで、ちょうど三番めの若君が、お生まれになったところでした。今の将軍秀忠《ひでただ》さまです。私の息子たちを、その遊び仲間にと勧めてくださったのです。

私は二十五歳で、食うや食わずの身でしたし、ありがたく浜松にまいりました。おかげさまで今では息子たちは、将軍近習《きんじゅ》として勤めさせていただいています。

大御所さまの側室には、私のような子持ちの寡婦が、ほかにもおります。世間知らずの若い娘より、苦労した女をお好みになるのは、知らず知らずのうちに、母上さまのことが響いているのかもしれません。

於大の方さまは、幼かった大御所さまを置いて他家に再縁され、苦労なさった方ですので。大御所さまは身内には厳しい方でしたが、母上さまのことは大事になさいました。

身内に厳しいといえば、私が側室に上がったのは、ご長男の信康さまの事件が起きる直前でございました。織田家から嫁がれてきた徳姫さまとの仲がこじれ、そこに築山どのがからんで、武田に通じたと、信長公に疑われた件です。

もしかしたら大御所さまは、武田の家中のことを、私にお聞きになりたかったのかもしれません。残念ながら、そんなお役には立てず、結局、信康さまは切腹、築山どのも命を奪われることになりました。

大御所さまは弱みを見せぬ方ですので、側近の家臣でも、あのときの苦悩は気づかなかったかもしれません。でも夜毎《よごと》、うなされるご様子は、おいたわしゅうございました。

信康さま亡き後、徳姫さまは、ご実家の織田家に帰られましたが、幼い姫君ふたりが岡崎城に残されました。上の登久姫さまは五つ。下の熊姫さまは、まだ四つでした。

熊姫と書いて「ゆうひめ」とも読むのですが、本来は「くまひめ」です。お生まれになったときに、信康さまが「また女か」と腹立ちまぎれに、熊と名づけられたとか。あまりに姫君らしからざるお名前なので、母親の徳姫さまが「ゆうひめ」と呼ばれたと、うかがっています。

大御所さまには、孫に当たる姫さまたちですし、何かと気にかけておいでででした。おふた方の父親を切腹に追い込んで、親なし子にしてしまわれたのが、悔いだったのでしょう。

大御所さまは武将には珍しく、そういった女子供のことに気を配る方なのです。ご自身が人質に出て、幼いころから苦労されたことが、大きかったのだと思います。

いつのころからでしょうか。合戦の陣屋に、側室をともなう大名が増えてまいりました。遠くまで出陣し、長丁場になることが多くなってきたからです。すると大御所さまは、かならず私を同行してくださいました。

私は口下手で、いつもは、こんなふうにしゃべったりはせず、特に若いころは、黙って人の話を聞いている方でした。

すると、ほかのご家中のご側室たちが、たびたび陣屋に呼んでくださるようになりました。もっぱら聞き役なので、どうやら話の邪魔にならず、その辺りが、いろいろな方々に気に入っていただけたのでしょう。

あちこちの陣屋で話を聞いてきては、大事そうなことを、かいつまんで大御所さまにお伝えすると、「阿茶は、なかなか面白い裏話を聞いてくるものだな」と、お誉《ほ》めいただきました。

小牧長久手の戦場では、たまたま私の懐妊がわかりましたが、残念ながら流れてしまいました。私が大御所さまのお子を宿したのは、それいちどきりでした。本当に哀《かな》しいことでしたが、それからも小田原攻めやら、肥前名護屋やらに連れて行っていただいたものです。

特に肥前名護屋では、どちらのご家中でも、奥方さまやご側室が、それぞれの陣屋で暮らしておいでだったので、太閤さまのお城はもちろん、あちこちに出入りして、たくさんの方々と親しくさせていただきました。

豊臣家に秀頼さまがお生まれになると、太閤さまは「徳川に姫が生まれたら、妻合《めあ》わせよう」と、大はりきりでございました。

千姫さまが生まれたのは、その太閤さまが亡くなられる前年。それはそれは、お喜びでした。

でも太閤さまが亡くなられたときに、秀頼さまは、まだ六つ。大御所さまに「くれぐれも秀頼を頼む」と言い残されて、黄泉《よみ》へと旅立たれました。

大御所さまは私に仰せでした。

「憂慮を残して死んではならぬな」

秀頼さまが、お生まれになるのが遅かったので、太閤さまは、どうしても幼な子の行く末が気がかりだったのでしょうが、そのときに大御所さまは決意なさったのです。死ぬまでに憂慮になりそうなことは、すべて片づけておかねばと。

千姫さまの正式なご婚約は、太閤さま亡き後、関ヶ原の合戦も終わってからで、北政所さまと、まだご健在だった於大の方さまとの間で進められました。

於大の方さまは、もう七十代も半ばというご高齢でした。でも「曽孫娘《ひまごむすめ》のためと、徳川と豊臣の家中のためじゃ」と仰せになって、江戸から都までお出かけになり、準備万端整えられたのです。

私も微力ながら、お手伝いをさせていただきましたが、於大の方さまは大役を務められて、お力が尽きたのか、そのまま江戸に戻ることなく亡くなられました。立派なご生涯でございました。

以来、北政所さまとのやりとりは、私の役目になりました。

翌年二月、大御所さまは、朝廷から征夷大将軍《せいいたいしょうぐん》の宣下を賜りました。すると豊臣家の行く末について、北政所さまから私に、内々のご相談がございました。

北政所さまのご意向は、豊臣家は公家《くげ》となり、いずれは秀頼さまに関白を務めさせたいとのこと。

太閤さまは武家として関白になり、武家の政権を打ち立てました。でも大御所さまが征夷大将軍を拝命した以上、武家政権は徳川家を頂点に、磐石《ばんじゃく》の形が整ったのです。そこに武家関白が登場すれば、二重政権になり、世の混乱を招くのは必至。それが北政所さまにもわかっておいでだからこそ、豊臣家は公家にとの仰せだったのでしょう。包み隠さず、ご相談いただいたので、私も率直に、お返事させていただきました。

「でも大坂城は、どういたしましょう。ご家中で、こちらのお屋敷に引き移るわけにもまいりませんでしょう」

当時、北政所さまは、都の御所の一角に、お住まいを設けて暮らしておいででした。そこは京都新城などと呼ばれていましたが、こぢんまりとして、お城というよりは公家屋敷ふうでした。

一方、大坂城は巨大で、大勢の侍を一堂に集めて、長い籠城ができる場所です。そこに居る限り、誰が見ても武家であり、公家ではありません。

公家として生きるのであれば、豊臣家中こぞって京都新城で暮らすべきでしょうが、そのためには家臣を大幅に減らさなければならず、それは、かなり難しい話です。

また、このころから大御所さまは、関ヶ原の合戦で負けて、世に放たれた浪人の存在を気になさっておいででした。浪人どもは合戦を待ちわびます。合戦になれば、召し抱えの機会が来ますので。

特に浪人どもが望みをかけるのが、大坂城でした。豊臣家を担いで挙兵し、幕府を揺るがそうという魂胆です。それでは太閤さまが成し遂げた天下統一が崩れて、乱世に戻りかねません。

さらに私は「憂慮を残して死んではならぬな」という大御所さまの言葉も、お伝えしました。すぐに北政所さまは、その意味を合点なさいました。豊臣家を幕府にとっての憂慮にしてはならないのだと。

そして困り切ったご様子で、仰せになりました。

「大坂城を出るのは、家中で納得せぬであろう。太閤さまが秀頼のために、腕によりをかけて築城したのだし。されど、その大きさと守りの堅さが、浪人どもを集めるのであれば、石高に見合った城にするしか手はなかろうな」

関ケ原の合戦後、東軍に褒美を割り振るという形で、二百万石あった豊臣家の所領は、六十五万石にまで減らされていました。

それに見合うお城となれば、内堀と本丸くらいの規模になりましょうか。広大な二の丸から西の丸までを取り除けば、大勢を収容できなくなり、浪人どもの野心も集めずにすむはずです。

北政所さまは聡明な方ですので、豊臣家のお立場が、どれほど難しいかを承知しておいででした。

「公家ではなく、武家として生きるのであれば、将軍に臣従するしかない」

武家の頂点が将軍である限り、それは当然のこととなります。ただし無条件の臣従には、やはり豊臣のご家中の反発を招きかねないと、案じておいででした。

そこで、ご家中に安心していただくためにも、将軍家との縁戚関係を早く築こうと、将軍宣下から三月《みつき》ほどで、千姫さまが早々に大坂城に入られたわけでございます。秀頼さまは十一歳、千姫さまは七つでいらっしゃいましたね。

その翌々年には、大御所さまは将軍職を秀忠さまに譲り、お城も江戸城から駿府の隠居城に移られました。将軍職は徳川家代々で引き継ぐものだと、天下に示されたのです。同時に豊臣家では、秀頼さまが右大臣に昇進。信長公の最高位が右大臣でしたので、十三歳での右大臣は別格でございました。

その身分を得た秀頼さまを、二代将軍秀忠さまが二条城《にじようじよう》にお呼びになりました。都の二条城は幕府のお城ですので、いよいよ武家として臣従させることにしたのです。これには北政所さまも納得されました。

ところが思いもよらぬところから、反対が起きたのです。秀頼さまのご生母、淀の方さまです。そんなことをするくらいなら、秀頼さまを刺し殺して、ご自身も死ぬと叫んだとか。あまりに感情的なお振る舞いに、私は驚きました。

よく事情を聞いてみると、臣従を拒むだけでなく、まだ少年の秀頼さまが、大人の将軍さまと比べられるのも、不本意とか。

そこで私は、ひとつの案を述べさせていただきました。

「ならば秀頼さまが大人になられるのを待って、まずは大舅《おおしゅうと》と孫娘夫婦として、大御所さまと会われては、いかがでしょうか。若夫婦と老いゆく者との対面となれば、力関係は、おのずから若い方に傾きましょう」

かつて太閤さまが朝日姫を嫁がせて、義兄弟という関係を作ってから、大御所さまを大坂城に呼び寄せた形に、なぞらえたつもりでした。

すると北政所さまは了承なさいました。

「だいぶ後になるが、それがよい。大坂城の方でも納得しよう」

その代わり右大臣の座は、朝廷に返上と決まりました。それによって関白への道も断たれたわけです。

それを聞いた大御所さまは「ならば、わしは長生きせねばならぬな」と、苦笑いをされました。

淀の方さまの拒絶から六年が経《た》った年に、それまでの帝《みかど》が退位されて、若き新帝の即位が決まりました。

お祝いのために、大御所さまが都に上られることになりました。そこで私は、また北政所さまと相談を重ね、この機に、かねてより予定していた対面を果たすことにいたしました。

今度は秀頼さまは千姫さまをともなって、大坂城から二条城へと、お出ましになりました。千姫さまは十五歳でしたね。初々しく可愛《かわい》らしい奥方ぶりでございました。

一方、秀頼さまは十九歳。上背もあり、立派な若武者ぶりでございました。太閤さまが小柄でしたので、意外な気がいたしましたが、北政所さまが仰せになりました。

「秀頼は祖父の浅井《あざい》どのに似たようです」

淀の方さまのお父上、浅井長政《ながまさ》さまは、堂々たる体格の武将でいらしたそうですね。淀の方さまも、小柄ではございませんでした。

対面は表面的には和気藹々《わきあいあい》と進みましたが、千姫さまも気づかれましたでしょう。実は双方とも、よくない感情を抱いてしまったようなのです。

秀頼さまにしてみれば、妻の実家の舅など、もともと煙たくないはずがありません。まして妻の偉大な祖父である大舅。それも以前は太閤さまに臣従していたはずなのに、いつのまにか地位が逆転していたのですから。

かたや大御所さまは、浅井長政に似たという秀頼さまの容姿に警戒されたのです。このとき大坂城から二条城まで、ご夫妻は輿《こし》と船でおいでになりましたが、もし秀頼さまが騎馬であったなら、たいへんな人気を博したのは疑いありません。

それまで大御所さまは、都の神社仏閣の修復などを、しきりに秀頼さまに勧めておいでした。大坂城には太閤さまの遺産がかなりあるとの噂《うわさ》で、浪人どもが、それを目当てにし始めていました。ならば蓄財を減らさせようという目論見《もくろみ》でした。

ところが神社仏閣への献金が、都での秀頼さまの人気を高める結果となったのです。寺社が並外れて多い都で、建物の修復に費用をかければ、大工から庭師まで幅広く潤います。

大御所さまには、もうひとつ気がかりがありました。朝廷です。公家衆にそっぽを向かれて、もし次の将軍宣下が行なわれないようなことになれば、天下の安泰はありません。

もともと公家衆は太閤さま贔屓《びいき》でした。関白や太閤の地位を手に入れるために、公家衆に湯水のごとく散財されたからでしょう。その期待が秀頼さまにも向けられたのです。

つまりは大御所さまが警戒されたのは、秀頼さまの人気でした。この勢いに乗って、朝廷が秀頼さまに関白の座を与えでもしたら、いったん遠のいた二重政権の懸念が、再燃してしまいます。

そこで大御所さまは思いがけない朝廷対策に乗り出しました。将軍家から天皇家への、姫君の入内《じゅだい》です。

新しい帝は、このとき十六歳。そこに千姫さまの妹君を妻合《めあ》わせて、天皇家と将軍家で縁を結ぼうという思惑です。

二代将軍秀忠さまには、千姫さまを頭に、五人の姫君がいらっしゃいましたね。千姫さまの、すぐ下の妹さまは、すでに加賀百万石に嫁いでおいででした。その下に勝姫《かつひめ》さまと初姫《はつひめ》さまのおふたりがいて、さらに下には家光《いえみつ》さまと忠長《ただなが》さま、末の和姫《かずひめ》さまは、まだ五歳でございました。

大御所さまは、よりによって、この五歳の和姫さまを入内させると仰せになりました。十六歳の帝には、ずいぶん歳下《としした》でしたが、とにかく家光さまの妹というところに、大御所さまのこだわりがございました。

家光さまは三代将軍と目されており、その姉が嫁げば、帝は将軍の姉婿。帝は義理の兄となり、立場が上になってしまいます。そのために入内するのは、いくら幼くても妹君でなければならなかったのです。

そのために勝姫さまと初姫さまを急いで嫁がせて、将軍家には和姫さまひとりだけを残しました。そこまで準備を整えてから、天皇家に入内を申し入れたのです。

私は北政所さまにも、お願いにまいりました。公家衆に顔が利く方ですし、お力添えいただきました。

すると北政所さまも思い切った手を使われました。秘書役の孝蔵主どのを、駿府城の奥に送り込んでこられたのです。

孝蔵主どのは、北政所さまの上臈《じょうろう》の座を捨てて、私たちと同じように将軍家の召し抱えに転じたのです。両方の連絡役を務めるためでした。

迎える私たちは正直なところ、緊張いたしました。こちらに乗り込んでこられて、何をされるかと警戒したので。

でも孝蔵主どのは優秀な方でした。表裏なく豊臣方の事情を打ち明けてくださいましたし、いつしか私たちとも馴染《なじ》み、たがいに信頼することができました。

おかげで和姫さまの入内は、朝廷から認められました。でも結局は、幕府が娘を天皇家に押しつけたとして、都人たちの反感を招いてしまいました。

すると浪人どもがいい気になって、都の内外で暴れまわり、大坂城の西の丸に入り込む始末。豊臣家の家臣たちは追い払うどころか、歓迎しているとの噂もありました。

私は孝蔵主どのと相談のうえ、大御所さまに申し上げました。

「大坂城の西の丸の破却を、豊臣家に命じてはいかがでしょう。あの巨城のままでは、浪人どもが居座って、これからも、いっそう入り込み、手がつけられなくなりましょう」

すると大御所さまは首を横に振られたのです。

「いや、あのままでよい」

私は意外に感じました。でもすぐに、それが罠《わな》だと悟りました。大坂城に浪人どもを集めておいて、一網打尽にするおつもりに違いありません。

おそるおそる、たずねました。

「豊臣家を残す手立ては、もうないのですか？」

「残すに、やぶさかではない。織田家も、信長公の子や孫が残っている。滅んだと思われている武田や今川とて、家名は継承されている。太閤の子息とて同じだ」

それから口調を強められました。

「ただし浪人どもは一掃せねばならぬ。天下統一は、なんとしても守らねばならぬ」

私は遠慮がちにうかがいました。

「そのように孝蔵主どのや北政所さまに、お伝えしてよろしゅうございますか」

「もちろんだ」

私が伝えると、孝蔵主どのは顔色を変えました。

「ならば、豊臣家から将軍家へ、西の丸の破却を願い出ましょう。勝手をして、何かお叱りがあると困るので」

孝蔵主どのは北政所さまのもとに走りました。でも、どうしても秀頼さまが承知されず、それどころか「そんな弱腰で、どうする？」と叱責されたというのです。

孝蔵主どのが都に留《とど》まっていた間にも、諸国から浪人たちが、続々と大坂城に集まってきたそうです。さすがの北政所さまも、お手上げでございました。

　そうなると、罠は、どんどん仕掛けられます。千姫さまも、よくご存じでしょう。方広寺《ほうこうじ》の鐘銘事件です。

　地震や火災で失われていた都の大仏を、秀頼さまが再建《さいこん》なさると、その釣鐘に刻まれた文字に、大御所さまは文句をつけられたのです。「国家安康」は家康の名前を分断して呪い、「君臣豊楽」は豊臣の楽しみを祈願していると。

　それに対して、秀頼さま側近の片桐且元《かたぎりかつもと》どのが、文章を書いた僧侶を連れて、駿府城まで釈明に走ってまいりました。

　すると大御所さまは、僧侶を幽閉する一方で、片桐どのとの面会は引き延ばすばかり。片桐どのとしては、帰るに帰れない状況になりました。

　いつまでも戻らぬので、大坂城からは次なる使者が放たれました。今度は淀の方の乳母《めのと》、大蔵卿局《おおくらきょうのつぼね》でした。

　今度は大御所さまは「何も問題はない」と、笑顔を向けられたのです。そのうえ孝蔵主さまとは面会させず、早々に大坂城に帰してしまったのです。

　続いて僧侶が解放され、片桐どのは慌てて大蔵卿局を追いました。一行は道中で合流するはずですが、話が嚙《か》み合わないのは明らかです。

　大坂城に帰っても、いよいよ混乱し、結局、片桐どのは豊臣家を見限って、徳川方に奔《はし》ったのです。大御所さまの狙い通りでした。

その辺りのことは、千姫さまも、さぞや気をもまれたことでしょう。

あまりの策略に、私は腹が立って、大御所さまに申し上げました。

「これほどあからさまな挑発は、大御所さまのお名前に傷がつきましょう。後の世まで、徳川家康の悪評が残りましょうぞ」

すると大御所さまは、いかにも不機嫌そうに答えたのです。

「そんなことは、とうに腹をくっておるわ。悪評でも何でも、こうむるつもりでなければ、天下統一は守り切れぬ」

私は愚問を恥じました。大御所さまが、そこまで泥をかぶる覚悟を決めておいでだったとは。

「阿茶、わしは関ヶ原の合戦を、乱世最後の合戦にするつもりであった。だが、もういちどだけ仕上げをせねば、世は治まらぬ。今度こそ最後だ。今度こそ乱世をしまいにするための、最終合戦にいたす。これなしには、かならずや禍根を残す」

そのご決意に、私は畏敬の念を抱きました。

武士は名誉を何より大事にします。卑怯者《ひきようもの》と呼ばれるくらいなら死を選びます。でも大御所さまは、みずからの名を汚しても、乱世を終わりにするお覚悟だったのです。

それから、どうなったかは、私よりも千姫さまの方が、よくご存じでしょう。

千姫さまのお父上、二代将軍秀忠さまから諸大名に、大坂への出陣命令が下りました。将軍は、すべての武家を従える棟梁《とうりよう》という立場を、朝廷から認められています。ですから全大名が命令に従わねばなりません。

そうして集結した二十万もの大軍で、大坂城を取り囲みました。包囲が出来上がったのは寒中の十一月十九日でした。

大御所さまは、お城から一里ほど南の茶臼山《ちやうすやま》に陣をかまえられ、私も、そちらに入りました。

豊臣家には、大名が加担せぬのですから、味方は浪人ばかり。それでも十万人が入城したといわれています。

それほどの数の浪人が世の中にうろついていれば、天下が治まらぬのも道理。これを一掃せねばならぬという大御所さまの意図に、私は改めて合点がいきました。

緒戦では大坂城下で攻防がありましたが、こちらが有利となり、浪人どもは城内に逃げ込み、籠城戦となりました。

ところが外から攻めようとすると、意外な反撃に遭い、こちらの苦戦が始まりました。普請を得意とする太閤さまが、腕によりをかけて建てられたお城ですから、守りは鉄壁でした。

こちらとしては急ごしらえの陣屋で、厳冬期の長期戦を覚悟せねばならなくなり、お味方に厭戦感《えんせんかん》が広まりました。すると将軍秀忠さまが、短期決戦の総攻撃を主張なさったのです。

大御所さまは諫《いさ》められました。「戦わずして勝つ方法を考えねばならぬ」と。そうして講和交渉が始まりました。

当初は織田有楽斎《うらくさい》どのが、豊臣家から交渉に出ておいででした。織田信長公の弟ぎみでございます。有楽斎どのの申し出は「淀の方を人質として江戸に送る。その代わり、豊臣家の家禄を増やして欲しい」とのこと。

すでに諸大名たちは江戸に屋敷を設けて、正室と世継ぎを住まわせ、将軍家への人質にしていました。

それと同様の待遇を、豊臣家は申し出たのです。ただし正室は千姫さまですので、人質の意味を成しません。それで代わりに淀の方さまを出すというのです。

家禄の方は、六十五万石では入城した浪人たちを養えません。だから石高の増収を願い出たのです。

大御所さまの目的は、浪人の一掃ですから、豊臣家が正式に召し抱えれば、浪人が浪人ではなくなります。

でも大御所さまは、その要求を撥《は》ねつけました。膨大な数の好戦的な浪人たちを、秀頼さまが押さえられるとは思えなかったからです。最初の交渉は決裂でした。

包囲が始まってから、ほぼ一ヶ月後の十二月十八日、話し合いが再開されることになり、私は大御所さまのご命令で、交渉の場に出ました。

豊臣方として出られたのは、常高院《じょうこういん》さまでしたね。これも大御所さまのご指名でした。

常高院さまは浅井三姉妹の真ん中で、もとのお名前は、お初さま。淀の方さまの妹御で、将軍御台所《みだいどころ》お江《ごう》の方《かた》さまの姉上。

かつて関ヶ原の合戦の際には、夫君とともに大津のお城に籠城し、西軍を足止めさせたことで、東軍に高く評価されました。

今回は大坂城に入られて、豊臣方に加担されておいででした。交渉の場は、常高院さまの嫁ぎ先である京極家《きょうごくけ》の陣屋。京極家は、まぎれもなく幕府方のお大名でございます。

常高院さまが豊臣方で、京極家が幕府方ですから、一見、均衡が取れているようにも見えます。でも幕府方の土俵ですから、幕府主導で交渉を進めるには、うってつけの場所でした。

それに合戦の交渉を、女に託すというのは、どう考えても不自然です。大御所さまは女たちを使うことで、この合戦が女の意思で、特に淀の方さまの意思で起きたかのように、広く印象づけたのです。

女が表のことに口出しするのは、昔から忌み嫌われます。そんな不文律を豊臣方が犯したからこそ、この合戦が起きたのだと、幕府方を正当化なさったのです。

さらに大御所さまは、秀頼さまを「太閤の遺児」と呼ぶことで、いかにも子供であるかのように、そして、いかにも頼りなさげに印象づけました。本当は二十二歳の堂々たる若武者なのに。

何もかも計算しつくした大御所さまの策略でございました。

私は大御所さまの悪口を、言い立てるつもりはありません。今でも側室として、お慕い申し上げています。泥をかぶってまで、これほどの策をめぐらす大御所さまを、むしろ心から敬っているのです。

ともあれ私は、本多正純《ほんだまさずみ》どのと一緒に交渉の場に出ました。本多どのは大御所さまの側近中の側近です。事前に常高院さまとは、京極家を通じて打ち合わせがすんでおり、確認するだけでございました。

講和の条件のひとつめは、大坂城は本丸だけを残し、ほかは破却して平地にすること。お堀は、こちらで埋め立て、建物は豊臣方で解体することになりました。

ふたつめは豊臣方から差し出す人質です。淀の方さまはこちらから遠慮し、織田有楽斎さまなど秀頼さまの側近が子息を出すと決まりました。これも淀の方のわがままの結果と、大御所さまは印象づけられたのです。

三つめは、豊臣方の武将の処罰はなしとのこと。これによって浪人たちの追放はなくなりました。でも豊臣家の増収はないわけですから、養っていかれる見込みはございません。

そもそも大御所さまが、将軍秀忠さまに仰せになった「戦わずして勝つ方法」の一端が、講和だったのです。講和しただけで、まだ勝ってはいないのですから、これで終わるはずはありません。講和後の再戦は必至でした。

次なる「戦わずして勝つ方法」は、ひとつめの講和条件の即時実行でした。お堀の埋め立てと、二の丸、三の丸の破却です。

豊臣方としては、改めて双方で相談があり、具体的な手順を決めてから作業を始めると考えていたようでした。

でも私と一緒に交渉の場に出た本多正純どのは、そんな悠長なことはいたしませんでした。突貫工事で、お堀を埋め立ててしまい、さらには豊臣方の役目だったはずの、建物の解体まで済ませてしまったのです。その早業には、私も舌を巻きました。

豊臣家から抗議がありましたが、壊してしまったものは、元には戻りません。

諸大名が撤兵したのは、年を越した一月二十四日でございました。大御所さまは、大坂城が本丸だけになったのを諸大名に見せつけてから、それぞれ国許《くにもと》に引き上げさせたのです。それから大御所さまご自身も駿府に戻り、私も同行いたしました。

その後も大坂城の浪人は、離散する気配はなく、それどころか、いよいよ増えているとの知らせが、駿府に届きました。

浪人たちが都に火を放って、騒動を起こすとの噂も立ちました。それも豊臣家の命令だとか。それが本当なのか、根も葉もないことだったのか、今になってはわかりません。

豊臣家の重臣が釈明に来ると、大御所さまは難題を突きつけました。豊臣家は大坂城を退去して国替えに応じるか。さもなくば、城内にいる浪人たちを追い払うか。ふたつにひとつでした。

私は大御所さまに、お聞きしました。

「あちらが、お国替えに応じることを、お望みですか」

すると私と目を合わさずに、お答えになりました。

「そうだな。さすれば豊臣家は残せる」

豊臣家が大坂城から退去しても、おそらく浪人どもはついてはいかず、むしろ、お城をわがものにするでしょう。そこを突けば、大義名分も立ち、浪人どもを一網打尽にできます。

でも目を合わされなかったのは、言葉とは裏腹に、無理とご承知だったからでしょう。

孝蔵主どのは、しきりに北政所さまとやりとりをなさっていましたが、秀頼どのを動かすことは、とうに無理になっていました。

将軍から諸大名に、ふたたび挙兵が命じられたのは、四月六日から七日にかけてのことでした。

いつしか最初の挙兵が大坂冬の陣、次が夏の陣と呼ばれるようになりました。

冬の陣では厭戦感が高まったのに、夏の陣の再挙兵を渋る大名はおりませんでした。冬の撤兵の際に、大坂城が裸城になったのを見届けており、落城は容易《たやす》いとわかっていたからです。その辺を、あえて見せておいた大御所さまの周到さには、恐れ入るばかりです。

軍勢が大坂に近づくと、豊臣方は大坂城から打って出ました。もはや大坂城は籠城できぬ城になっていたので、外で戦うしかありません。

でも豊臣方は半月も保《も》たず、五月八日の朝には最後の攻撃が始まりました。

私は大御所さまの陣におりましたが、銃砲の音が鳴り響く中、突然、千姫さまが侍女たちとともに、駆け込んでいらしたのを、よく覚えております。

薄衣《うすぎぬ》の打ち掛けは泥だらけで、髪も乱れたお姿でした。侍女たちが幼い女の子と、乳《ち》飲児《のみご》の男の子を連れていました。

千姫さまは大御所さまの前に両手をついて、懇願なさいましたね。

「どうか、どうか、私の夫と姑《しゅうとめ》の命を、お救いください」

大御所さまは、うなずいて仰せでした。

「それは将軍が決めることじゃ。そなたの父の陣に行って頼め」

千姫さまは即座に立ち上がりました。そして私に気づくなり、駆け寄ってきて、侍女たちが連れていた子供たちを示したのです。

「この子たちは、私が産んだ子です。私が戻るまで、どうか守ってやってください」

それが嘘なのは明らかでした。千姫さまが出産なさったのなら、そんな慶事が、こちらに知らされないはずがありませんもの。

秀頼さまのご側室が産んだお子さまを、可愛がって育てておいでだったのでしょう。

なんとかして助けたいという思いは、ひしひしと伝わってまいりました。

それで私がお引き受けすると、大御所さまは周囲にお命じになりました。

「誰ぞ千姫を、将軍陣屋まで連れてまいれ」

すぐさま名乗り出る者がいて、その先導で、千姫さまは薄衣の打ち掛けをひるがえして駆けていかれました。

大混乱の城内から千姫さまを救い出し、大御所さまの陣屋まで連れていらしたのは、キリシタン大名の坂崎直盛《さかざきなおもり》どのでしたね。

坂崎どのは大御所さまに申し上げました。

「千姫さまは城内で私と出会うなり、こう仰せになりました。夫と姑の命乞いに行きたいが、もし聞き入れられず、自分ひとりが助かるようなことになれば、きっと再縁させられる。子供たちも殺される。そんなことになるくらいなら、ここで今すぐ死にたいと」

そのとき坂崎どのは、こう約束されたとか。

「私の命に替えても、けっして再縁なきよう、大御所さまにお願いして差し上げます。お子さまたちも、お助けいただけるようにいたします。ですから、とにかく大御所さまの陣屋に、夫君と姑さまの命乞いにまいりましょう」

大御所さまは、その話を聞かれて、大きくうなずきました。

「わかった。悪いようにはせぬ。後は任せよ」

そのときでした。大坂城天守閣の背後から、大きな火柱があがり、凄《すさ》まじい黒煙が立ち昇ったのです。

大御所さまは眉をひそめました。

「遅かったか」

それは秀頼さまと淀の方さま、それに側近や侍女の方々が揃《そろ》って火薬庫に入られて、自爆された火柱でございました。

千姫さまは将軍のご陣屋で、秀頼さまたちの自爆を知らされたのでしょう。こちらに連れ戻されてきたときには半狂乱で、まことにおいたわしゅうございました。

　大坂の陣の落武者狩りは、今までの大御所さまからは考えられぬほど、厳しさを極めました。

　それまでの大御所さまには、信長公や太閤さまのように、残忍なお振る舞いはありませんでした。でも、このときばかりは違いました。

　捕まえた者の首を片端から刎《は》ね、都から伏見に至る街道筋に、長大な棚を設けて、そこに生首を並べたのです。

　一列につき千個。それが十八列にも及んだと聞いております。ざっと数えても一万八千。

　でも大坂城に入った浪人は、十万ともいわれています。すでに討ち死にしたものを除いても、数万もの浪人を取り逃がしたことになります。

　その者たちが、二度とよからぬことを図らぬように、断固たるご意思を、大御所さまは天下に示されたのでございます。

　その厳しさからもわかるように、大坂の陣の目的は、あくまでも浪人の一掃でした。豊臣家の滅亡ではございません。

　一方、坂崎どのですが、後日、千姫さま救出のお手柄で、三万石の家禄が四万に加増されました。

本来なら、千姫さまを妻として迎えることができるお立場でしたが、遠慮なさいました。ご本人は一夫一婦制を守るキリシタンですし、まして五十を過ぎておいででした。それよりも「くれぐれも千姫さまとの約束を、守っていただきたい」と、大御所さまに仰せでした。

千姫さまが大坂城から連れて来られたお子さま方ですが、女児の千代姫さまは鎌倉の東慶寺《とうけいじ》に、乳飲児の男児は芝《しば》の増上寺《ぞうじょうじ》に、それぞれ引き取られていきましたね。

もうひとり、国松という八歳の男の子がいたそうですね。妾腹《めかけばら》で生まれたものの、将軍家にはばかって、遠くに里子に出して育てさせたと聞いています。

その子は落城後に、秀頼さまの実子と発覚して捕まり、傅役《もりやく》とともに、都の六条河原で命を取られました。

乳飲児の男児も殺されても仕方ない立場でしたが、千姫さまの嘆願によって増上寺に入れられたわけです。

増上寺は、大御所さまが先々、将軍菩提寺《ぼだいじ》にせよと仰せの、特別なお寺でした。そこで、しっかりと育てて、間違いなく僧侶にするようにと託されたのです。

千姫さまご自身も、出家を望んでおいででしたね。でも、お母上のお江の方さまが猛反対なさいました。

「出家など許さぬ。再縁すれば、きっと幸せになれる。わらわを見よ」

お江の方さまも、まことに苦労人でございました。幼いころから、落城から落ち延びること二回。結婚は三回。秀忠さまが三人めの夫君でございます。

何事も、はっきりと仰せになる方で、そこが大御所さまのお気に召して、年下の秀忠さまの奥方として迎えられたと、聞いております。

それが今や将軍御台所として、二男五女のお母上でございます。そんな、ご自身と同じ逆転を、千姫さまに望まれたのです。

私はできるだけ、お江の方さまのお気持ちにも沿うように考えました。

「高崎の少し手前に、満徳寺《まんとくじ》という尼寺がございます。縁切り寺ですので、まずは豊臣家との縁を切るために、そちらに、お入れになってはいかがでしょうか。そこで千姫さまのお気持ちが鎮まりましたら、また再縁を考えられては、いかがかと」

お江の方さまは、すぐにでも再縁させたいご様子でしたが、大御所さまが賛成してくださったので、千姫さまは満徳寺にお入りになった次第です。

大坂落城から一年も経たない四月のことでございました。

その夜、駿府城の賄い方が「いい海老が手に入りましたので」と申して、南蛮料理のテンプラにして供してくれました。

海老は大御所さまの好物でした。あまり食べものの好き嫌いはない方でしたが、赤く茹《ゆ》でたものがお膳に載ると、かならず「子供のころ、祖母が出してくれて、飯が進んだものだ」と、しみじみ仰せになりました。

その夜も、こんな思い出話をなさいました。

「祖母は死ぬ前に言《ゆ》うた。山盛りの飯茶碗《めしぢゃわん》が次から次へと空になって、元気に『おかわり』の声が飛び交うような、そんな何気ない日々が続く世を、どうか作ってくださいと」

それが大御所さまが天下泰平を望まれた大元だったのかと、私は合点いたしました。

海老のテンプラは、私もご相伴にあずかりましたが、それはそれは美味《おい》しくて、食が進みました。

でも大御所さまには少し油がすぎたのかもしれません。ご就寝前に吐き戻され、たちまちお腹《なか》も下されて、止まらなくなりました。

日頃から、ご体調には人一倍、気を使われる方でしたが、もう七十代も半ばでしたので、もしやと不安になられたのでしょう。床につかれて、弱々しく仰せになりました。

「阿茶、これで、わしもしまいかもしれぬ」

「そのような気弱は仰せになりますな。たかが食当たりではございませぬか」

「されど、わしは、もう歳じゃ」

大きな日で天井を見つめられました。

「天下のことは何も憂いはない。できることは何もかも成し遂げた。祖母の望みも、かなえたつもりじゃ。ただ、お千が」

また私に目を向けて、力なく微笑まれました。

「身内が心残りとは、太閤の最期を笑えぬな」

私は首を横に振りました。

「太閤さまとは違います。大御所さまは、ご自身のご苦労があるからこそ、千姫さまのことが、お気にかかるのでございましょう」

「そうだな。子供のころ、織田方の人質になったときに、父に見捨てられた哀しさが忘れられぬ。あれよりもひどいことを、わしは、お千に強いてしまった」

可哀想《かわいそう》なことをしたと、何度も仰せになりました。

「できることなら、幸せにしてやりたい。わしの祖母も母も、お江も、そなたも、皆、再縁を経て、自分の居場所を見つけた。ならば、お千もと、つい夢見てしまうのじゃ」

私は大御所さまの枕元で申し上げました。

「ならば私が千姫さまに、お伝えしましょう。大御所さまのご本心を。なぜ大坂の陣を起こさねばならなかったのかを」

「それでも千姫の恨みは、消えぬであろう」

「いいえ、どれほどのお覚悟であったか、包み隠さず申し上げれば、きっと千姫さまも、ご理解くださるはずです」

「そうだろうか」

「そうですとも」

大御所さまは話し疲れたのか、まぶたを閉じられました。そのとき涙が一筋、大きな耳の方に流れたのです。

長くおそば近くで、お仕えさせていただきましたが、私が大御所さまのお涙を拝見したのは、後にも先にも、それいちどきりでございました。それほど千姫さまのことが、心残りでいらしたのです。


大御所さまが亡くなると、すぐに、お江の方さまが満徳寺に人を送り、千姫さまを江戸城に連れ戻されました。

そして再縁を強いられたのです。お相手は美丈夫で名高い本多忠刻《ほんだただとき》さま。お江の方さまは胸を張って仰せでした。

「あれほどの美男は滅多におらぬ。それに、もともとは大御所さまが選んだ再縁先じゃ。ご遺志にもかなうというものであろう」

私は慌てて駿府から江戸城に駆けつけました。すると千姫さまは、いまだ気持ちの整理がついていらっしゃらなかったのでしょう。頑《かたく》なに再縁を拒まれましたね。

将軍秀忠さまも、強引に嫁がせるおつもりでしたので、私は、お手打ち覚悟で申しました。

「身の程しらずを承知で申し上げますが、再縁せぬというのは、坂崎どのが千姫さまに約束され、大御所さまも認められたこと。どうか、千姫さまのお気持ちが落ち着くまで、今しばらく、お待ちください」

するると将軍は憤怒《ふんぬ》の表情で仰せになりました。

「そのような約束は坂崎の勝手じゃ。それを認めたのは父上で、わしではない。わしは、お千の父親じゃ。父親が娘の縁談を決めるは、当たり前であろう」

お江の方さまも満足げにうなずくばかり。

それからは本多家へのお輿入れは、私の手の届かぬところで、どんどん準備が進んでいきました。

江戸城の女の出入りは平川御門。本多さまの江戸屋敷は日比谷ですので、花嫁行列は内堀沿いを半周して、南に進むことになりました。

でもお輿入れ当日に、あの事件が起きたのです。坂崎どのが千姫さまのお輿を奪おうとした、つい先だっての事件でございます。

坂崎さまのお屋敷も日比谷。たまたま本多さまの、お近くでございました。坂崎さまは家臣ともども武装して、お屋敷から繰り出し、千姫さまの乗り物を奪わんと、内堀沿いで待ちかまえたのです。

お行列が平川御門を出る直前に発覚しましたので、お行列は慌てて大奥に戻り、お輿入れは急遽《きゆうきよ》、日延べになりました。ですから大事には至りませんでした。

でも江戸市中では、許可なく武装して繰り出すこと自体が、ご法度です。将軍秀忠さまは、娘の嫁入りを邪魔だてされたと、たいそうご立腹でした。

「坂崎は何を考えておる。今すぐ引っ捕らえて、首を刎ねよッ。坂崎家も即刻、断絶じゃッ」

私は動転しつつも、穏便な措置を願って、無我夢中で奔走いたしました。でも結局は、坂崎さまと懇意のお旗本が説得に立ち、坂崎どのはお屋敷内で、お腹をお召しになったのです。

坂崎どのは、千姫さまとのお約束が果たせずに、面目が立たないとして、切腹に至ったと聞いております。そのうえ坂崎家は断絶。

世間には詳細は伝わりません。今も噂が飛び交っています。もともと坂崎どのが千姫さまを貰《もら》い受ける約束だったのに、それが反故《ほご》にされて腹を立てたと。

坂崎どのに同情するあまり、千姫さまを貶《おとし》めるような噂も、お聞き及びでしょう。坂崎どのが千姫さまをお助けした際に、顔に大火傷《おおやけど》を負われて、それで千姫さまが嫌ったとか。根も葉もない噂です。

そんなこともあって、千姫さまは再縁に対して、いよいよ頑なにおなりとうかがいました。それで僭越《せんえつ》ながら、私が今日、こうして参上した次第でございます。

先ほどより、くどいほどお話しした通り、大御所さまは天下を治めるために、悪評を承知で策略をめぐらせたのです。千姫さまを案じながらも、そうせねばならなかったのです。そのお覚悟だけは、どうか、ご理解くださいませ。

そのうえで、お伝えしなければならないことが、もうひとつございます。

それは大御所さまが、千姫さまの再縁先として、本多忠刻さまを選ばれた理由です。いいえ、美丈夫だからではございません。

理由は忠刻さまの母上さまにあるのです。母上さまのお名前は、お熊の方さま。どこかで聞いたことが、ございませんか。

私が最初に、お話しいたしましたでしょう。ふたり続けて姫君だったことから、信康さまが「また女か」と腹立ちまぎれに、熊と名づけられたという、あの方でございます。

父親の信康さまは、大御所さまのご長男。母は織田信長公の姫君である徳姫さま。この若夫婦に築山どのがからんで、武田に通じたと疑われ、信康さまは切腹、築山どのも命を奪われた事件です。

その後、徳姫さまは、ご実家の織田家にお帰りになり、幼い姫君ふたりが徳川家に残されました。そこまでは、お話ししたかと存じます。

その姫君たちですが、年頃になると、それぞれ徳川譜代の家臣に嫁いでいかれました。家格の釣り合った大大名に嫁がせると、政略結婚になりますので、実家と婚家が敵対する場合もございます。それがないようにと、信頼のおける家臣に、あえて下げ渡したのです。

特に下の熊姫さまの嫁ぎ先は、徳川四天王のひとつ、本多家でした。

二十数年前のお輿入れの朝、大御所さまは熊姫さまに優しく声をかけられました。

「きっと、幸せになるのだぞ」

お行列が出ていくのを見送ってから、大御所さまは小声で仰せになりました。

「わしは幼い姫から両親を奪った、ひどい祖父じゃ。だからこそ幸せにさせたい」

熊姫さまは本多家に嫁いでから、お熊の方さまと呼ばれて、三男二女もの子宝に恵まれました。その中のご長男が、千姫さまのお相手、本多忠刻さまでございます。

お熊の方さまの母方のお祖父《じい》さまは、信長公。千姫さまの母上であるお江の方さまの、さらに母上は、お市《いち》の方さま。ですから、お熊の方さまと千姫さまは、おたがいの祖父母が、ご兄妹《きょうだい》なのでございます。

父方の祖父はと見れば、どちらも大御所さま。そんな縁もあって、お熊の方さまは今度の縁談を、とても喜んでおいでです。

坂崎どのの痛ましい事件は起きたけれど、お熊の方さまは「あれは誰もが千姫さまのことを思いやったがために、起きたことだから」と水に流すおつもりで、今もお輿入れを心待ちにしていらっしゃいます。

千姫さまに対する心ない噂も、お聞きおよびですが、だからこそ、あえて息子の嫁にと、お望みです。

実は、お熊の方さまも、嫌な噂を背負っているのです。それは母上の徳姫さまのこと。

徳姫さまが夫への不満を、十二箇条に書き連ねて実家に書き送ったために、信康さまの切腹事件にまで発展したという説です。

それは、おそらく偽手紙。まず女は箇条書きなどいたしませんもの。なのに事実として、広く信しられており、それがお熊の方さまには、悔しくてならないそうなのです。

そんなことがあるからこそ、千姫さまを温かく迎えたいと仰せです。いつか、たがいに名誉を取り戻しましょうと、そんなふうにおっしゃっています。

本多家は伊勢の桑名《くわな》の城主さまです。諸大名は正室を江戸屋敷に置くのが、関ヶ原以来の習いですが、お熊の方さまは、こんなふうにも仰せです。

「坂崎どのの事件もありましたし、しばらく千姫さまは江戸を離れるのも、よいかもしれません。誰も知る者のいない桑名なら、心安らかに暮らせましょう。それでよろしければ、私もまいります」

夫となる忠刻さまは、年毎《としごと》に江戸と桑名を行き来されますし、お熊の方さまも一緒なら、きっと寂しくはないでしょう。

もし千姫さまが国許暮らしを望まれるなら、僭越ながら私が将軍さまにお願いして、正室の特例として認めていただきます。

いちど、お熊の方さまと忠刻さまに、お会いになってみませんか。今すぐでなくても、かまいません。お熊の方さまも「千姫さまのお気持ちがおちつかれてからで」と仰せです。

お優しい姑さまで、千姫さまは、きっと幸せになれましょう。大御所さまも喜ばれるはずです。熊姫さまからは両親を奪い、千姫さまからは夫と姑を奪ったという悔いを、ずっと引きずられたのですから。

最後にもうひとつだけ。

私は大御所さまに、ずいぶん長くお仕えして、仰せになったことを、ときどき書き留めることがありました。脈絡なく書き連ねただけですが、いつも懐に入れて持ち歩いているので、ちょっと読んでみます。どうか、お聞きくださいませ。

「人の一生は重荷を負うて、遠き道を行くがごとし。急ぐべからず。不自由を常と思えば不足なし。心に望みおこらば、困窮したるときを思い出すべし。堪忍は無事長久のもと、怒りは敵と思え。勝つことばかり知りて、負くること知らざれば、害その身にいたる。おのれを責めて人を責むるな。及ばざるはすぎたるより勝れり」

これを読むたびに、大御所さまの生きた道のりが、少しはわかるような気がするのです。こんなお考えの方が、最後に気にかけられたのが、千姫さまの行く末でした。だからこそ私は、千姫さまを放っておけぬのです。ご本人にとっては、余計なお世話なのは、重々承知しておりますが。

本多さまとのご縁談、よきお返事を、阿茶は心より待っております。

おや、なんだか、さっきお目にかかった当初よりも、お顔が穏やかになったように、お見受けします。長々と、お話をさせていただいた甲斐《かい》が、あったでしょうか。

# 第六章　徳川和子《まさこ》

正保《しょうほう》四（一六四七）年十月六日京都洛北・聖護院《しょうごいん》寺領の山にて

ほら、見てください。こんなにたんと採れましたえ。松茸狩《まったけが》りて、生まれて初めてですけど、えろう楽しいもんですねえ。

お花見や紅葉狩りなら、御所の中でもできますけど、松茸狩りだけは、山でないとあきませんし。

洛北には、ずっと前から来てみたかったんです。山がちで静かで、ほんまに、ええとこですなァ。聞こえるのは、小鳥のさえずりと、小川のせせらぎの音だけやし。

思えば、入内《じゅだい》して中宮《きさき》やった間は、御所から一歩も出られませんでしたし。娘が帝《みかど》を務めてた間かて、その母親が、ふらふら遊び歩くわけにもいきませんし。

なにしろ八百五十九年ぶりの女帝やとゆうて、人の目がうるそうて、うるそうて。ようやっと娘の譲位がすんで、肩の荷がおりた思いです。

上皇さん、まだ松茸、お採りあそばされますか。私は、そろそろしまいにしときます。

板倉《いたくら》さんは？　もうええですか。そんなら一緒に、聖護院さんの山荘に戻りましょか。

縁側で、お茶でももろうて、昔話でもしましょ。江戸方のお侍と、ゆっくり話すのも久しぶりやし。

ところで板倉さん、京都の所司代になって、何年になりますの？　二十七年？　そしたら私が入内したときと一緒？　ああ、そうでしたか。私の入内に合わせて、父上から、お役目を引き継がれたんですね。

所司代は幕府のお役所やし、都のことは何もかも任されてるから、苦労ですやろ。町奉行を別に設けて、町衆の裁きだけでも、そっちでしてもろたら、少しは楽になりますのになあ。

板倉さんて、もう還暦を過ぎてはるんですか。私も四十を過ぎました。なにしろ入内から二十七年ですしねえ。いろんなことがありました。何か起きるたびに、世話してもらいましたなァ。

そやけど板倉さん自身のことは、聞いたことがありませんでしたね。生まれは江戸ですか。あら、駿府？　そしたらお父上は大御所さまづきでしたか。そうですか。

私はね、大御所さまが大好きでした。ほかの人たちは怖いて言《ゆ》うてはりましたけど、私には優しいお祖父《じじ》さまでした。お膝に乗せていただいたのも、孫の中で私だけ。なにしろ将軍家の末子でしたしな。

それに私が物心つくころには、お祖父さまは、もう私の入内を考えてはって、そのつもりで特別扱いやったのかもしれません。

ああ、自分のお祖父さんを、さまづけで呼んでおいて、上皇さんを、さんづけゆうのも妙やけど。十四の歳《とし》まで江戸で育ったもんやから、いまだに関東の話になると、関東の言葉が抜けへんのです。

そんなら板倉さんのことも、江戸ふうに「板倉どの」て呼ばな、いかんのですけど。

お祖父さまが、帝から征夷大将軍の宣下を受けはったのは、私が生まれる四年前やったと聞いてます。

それから、たった二年で、私の父に将軍を譲って、駿府に隠居されて。それから、また二年で、私が生まれて。

お祖父さまは、私が年端もいかないころから、よう仰せになりました。

「おまえの姉のお千は、大坂城に輿入《こしい》れしたが、おまえは都の御所に嫁ぐのだぞ。お千は将軍家と豊臣家、おまえは天皇家と将軍家。それぞれの橋渡しが、おまえたちの役目じゃ」

今でも千姫と呼ばれる姉上は、きょうだいのいちばん上で、私より十歳上。千姫さんの下が、姉が三人で、兄もふたり、そして末が私。全部で七人きょうだいでした。

七人とも同じ母の子ですえ。母上は、えらいやきもち焼きさんで、父に、ひとりも側室を認めへんかったんで。

ほんまはな、外に兄がいるみたいやけど、老中たちも「お江の方さまには、けっして知られてはならぬ」ゆうて、母上には隠してるんですって。

怖い母上やしねえ。その話、板倉さんかて知ってはりますやろ。おや、ご存じない？　まあ、板倉さんは、できたお人やから、余計なことは言わへんのでしょう。みんな誉《ほ》めてはりますよ。「板倉重宗《しげむね》は利口者や」て。いえいえ、悪《あし》い意味やなくて。お人柄もええて評判です。

とにかく私が生まれて何年か後に、今の上皇さんが十六歳で帝にならはりました。即位のお祝いに、お祖父さまが駿府から都まで、おわしゃって。そのときに豊臣の秀頼さんと千姫さんの若夫婦に、久しぶりにおめもじされたそうです。秀頼さんは十九で、姉上は十五やったとか。

私を御所に入内させようと、お祖父さまが本気で考えはったのは、そのころやて聞いてます。秀頼さんが立派で、警戒されたためやて言われてますけど、私には詳しいことは、ようわかりません。

幕府から朝廷に、入内の申し入れをしたのは翌年。入内を認めていただいたのは、また二年後。私は申し入れのときに六つ、承認されたんは八つでした。

お祖父さまは正直、しぶちんの方でしたけど、このときばかりは、たいそうなお金を使《つこ》うたと聞いてます。

そうしてお祖父さまは、孫娘を御所に送り込む約束を取りつけると、大坂の陣に踏み出さはったんです。

大坂の陣が起きたから、私の入内が遅れたと思うてる人、ぎょうさんいるみたいやけど、それは違いますのえ。入内の約束が、大坂の陣の布石やったんです。

入内が認められたんが四月で、方広寺の鐘銘事件が八月、大坂冬の陣が十一月です。その時期と順番を考えると、お祖父さまの目論見《もくろみ》が見えてきます。

朝廷と幕府の縁を、天下に見せつけておいて、諸大名に挙兵を呼びかけはったんです。そこまでしておいたら、挙兵に応じない者はいませんでしょう。

翌年五月に、夏の陣で大坂が落城すると、そのわずか二ヶ月後に、幕府は禁中並《きんちゅうならびに》公家諸法度《くげしょはっと》を発しました。

大坂の陣の目的のひとつは、浪人たちの一掃でしたけど、もうひとつ目的がありました。それは朝廷や公家衆を黙らせること。

都で人気のあった豊臣家を滅ぼして、公家衆をふるい上がらせ、公家諸法度で、幕府の意を通す目論見でした。

私にとっては、自慢のお祖父さまやけど、その深謀遠慮には、つくづく頭が下がります。何も文句を言《ゆ》うてるわけやありません。何もかも、合戦のない世を作るためでしたから。

大坂城落城の翌年のお正月に、十歳になった私は駿府のお城に呼ばれて、初めて孝蔵主に引き合わされました。お祖父さまは、こう仰せになりました。

「この孝蔵主は、もとは北政所のところの侍女であったが、大坂の陣の前から、この駿府城の奥で勤めている。豊臣家を裏切って、徳川に鞍替《くらが》えしたと思い込んでいる者もいるが、そうではない。北政所が連絡役として、この城の奥に送り込んできたのじゃ」

北政所さんは対立しがちな駿府城に、自分の腹心を入れることで、両家の関わりを密にされたのです。

お祖父さまは目を伏せて言わしゃりました。

「北政所や孝蔵主が、ずいぶん力をつくしてはくれたが、結局、豊臣家を残すことはできなかった。そのために千姫は可哀想《かわいそう》なことになった」

それから改めて私に仰せになりました。

「あと三、四年もしたら、いよいよ入内じゃ。前にも申したが、そなたは天皇家と将軍家の橋渡し役じゃ。将軍家が天皇家に武力を向けることは、けっしてないが、この孝蔵主と同じ役割を果たして、できるだけ両家が対立せぬように務めよ」

お祖父さまは、こうも仰せになりました。

「そなたは賢い子じゃ。人柄が穏やかで、思慮深く、我慢強い。まだ十歳だが、孫の中で、いちばん、わしに似ている。顔立ちは母方の祖母の、お市の方に似たのだろう。きっと美人になる。そなたなら重い役目でも果たせよう」

私には、我慢強いゆう自覚はありませんでしたし、買いかぶりにも思えました。ただ、お祖父さまに似ていると言われたのは、面映《おもはゆ》く、嬉《うれ》しゅう思いましたえ。

お祖父さまとおめもじしたのは、それが最後になりました。その年の四月に、急におかくれになったんです。

それからは二代将軍の父上が、お祖父さまの遺志を継いで、入内を進めることになりました。

私が十三歳になった年に、いよいよ入内が具体化しました。けど、そんな間際になって、お与津《よつ》ゆう女官が、帝の子を産んだことがわかったのです。それも男の子で、まして、お与津は、ふたりめの子も宿してました。

これに母上が、えらい怒りようで。なにしろ父上に、ひとりも側室を許さへんかったくらいですし。

父上も同調なされました。「断固、入内は延期」と、厳しゅう朝廷側に伝えると、今度は帝のお怒りを招いてしまいました。

帝は二十四歳であらしゃりましたし、お子のひとりやふたりいても、何の不思議もないお立場でした。それに将軍の娘との結婚など、ご自身が望まはったわけやありませんし。もともと幕府の方から、押しつけられたことですし。

　それなら今すぐ譲位すると、言い出されたのです。帝が帝でなくなれば、私の入内もなくなります。帝ご自身は、それでかまわぬけれど、そっちが困るんやないか、というわけです。

　そしたら母上が、いよいよ怒らはる始末。

「勝手に譲位でも退位でも、すればよい。そんなところに、大事な娘をやるものかッ」

　これに対して父上は内心、動揺してはるはずやのに、また母上になびかれたんです。

　私は子供ながらも、さすがに黙っていられず、思い切って両親に言い返しました。

「そんなことで、お祖父さまのご遺志を無にしてしまって、よいのですか」

　たしかに私は我慢強い方でした。そやから、そんなことを大きな声で言うたのは、後にも先にもいちどきり。

　母上は驚いて、それから気まずそうに黙り込みました。すると父上が策をめぐらされたのです。

　五年前に発した公家諸法度に「武家伝奏《ぶけてんそう》に従わない公家は流罪」という項目がありました。所司代は幕府から朝廷へ向けた窓口ですけど、幕府に向けた朝廷側の窓口が武家伝奏です。

父上は武家伝奏の公家を味方に取り込んで、この項目を盾に、お与津の兄や、お与津を帝にお勧めした公家衆を、流罪にしたのです。

公家諸法度の力を見せつける意図もあったのでしょう。気の毒でしたけど、お与津本人も御所から追われました。

そして私は十四歳で無事に入内。処罰を受けた公家衆は、そのとたんに許されて、流罪先から戻されました。

つまりは双方で話がついてたんでっしゃろ。板倉さん、そうやないですか。いったん処罰することで、幕府側の顔を立てて、入内を実現させたのと違いますか。この辺から双方、策略の応酬でしたな。

難しい輿入れとは覚悟してましたけど、嫁ぐ前から、ほんまに気苦労の多いことやと思い知らされました。

都に向けて、江戸のお城を出発する朝のことでした。母上が、くどくどと言わはりました。

「和姫、男の子を産みなさい。将軍家の血筋を天皇家に入れるのじゃ。かならず皇子《みこ》を産んで、次の帝にせよ」

もう何遍も言われてましたけど、私には気の重いことでした。

こないにいろいろあったのに、今さら帝からご寵愛《ちょうあい》いただけるやろか、子を授かるやろかと、もう、そこが気がかりで、子供が男や女やゆう話は、えらい遠く聞こえたものです。

それから、私の名前のことですけど、もともとは「和《かず》」で、江戸では「和姫」と呼ばれてました。ただ都では、濁音の名は嫌がられるとかで、同じ漢字で「和子」と書いて、読みだけを「まさこ」に改めました。名前に「子」をつけるのは、宮家や公家の女子ならではのことです。

都までの行列は、幕府の威信をかけた豪華さでした。板倉さんのご家来衆が、私の輿の前と後ろを守ってくれましたなァ。母親代わりは、お祖父さまのお気に入りの側室やった阿茶局で。

都では幕府の二条城に入って、そこから御所までの行列は、いよいよ豪勢でした。私は金蒔絵《きんまきえ》の牛車《ぎっしゃ》に乗って、侍女たちの乗る輿だけでも七十五挺《ちょう》。長櫃《ながびつ》百六十棹《さお》。屏風《びょうぶ》箱《ばこ》三十双。何やら箱が数知れず。殿上人やら武家諸大夫《ぶけしょだいぶ》やら、馬やら牛やら、ただただ数知れず。

当たり前ですけど、先頭が御所に入っても、二条城から出られん人たちが、たんといてたとか。都大路の見物も、ようけの人出でしたな。

それまで公家衆の中には、私を女御更衣のひとりくらいに考えてた人も、いたみたいですけど。このお行列には恐れをなしたと聞いてます。

私自身、ゆるゆる進む牛車の中で、えらいことになった、えらいとこに来てしもうたと、これからが空恐ろしゅう思うばかりでした。

御所の門をくぐると、公家衆の屋敷が塀の内側に、ぐるりと建ち並んでいて、その真ん中に禁裏がありました。帝のお住まいで、朝廷の公務の場でもあります。

禁裏の中も紫宸殿《ししんでん》やら清涼殿やら、最初は違いを呑《の》み込むだけでも、えらいことでした。

けど私は、誰かが案内してくれるところにしか行かれませんし、「こうあそばしませ」と言われたことを、ただするだけでしたし。なんや自分が、お人形さんになったみたいな気がしました。

帝とおめもじしたときは、ほんまに気が張りました。けど夜になって、御寝所に入れていただいて、ご挨拶を申し上げると、お言葉をかけてくださりました。

「和子、ようう来たな。ここまで気苦労があったやろ」

思いがけない優しさに、つい涙がこぼれました。

それきり壁が失《う》せて、なかようできました。ひとつ山を越えて、ほっとしたものです。

ただ入内して二年半は、懐妊の兆しがなくて、このまま、ずっとできないのやないかと、また気を揉《も》みました。

そやから子を宿したとわかったときには、ほんまに喜びました。帝も女官たちも喜んでくれて。

そんな中で、父の秀忠が隠居して、家光兄上が将軍宣下を受けられました。

板倉さん、あの将軍宣下は、私の懐妊と無関係やないんでしょう？　私が帝のご寵愛をいただいてることがはっきりしたし、慶事の機に、宣下を願い出たのと違いますか。そうでっしゃろ。

あのとき私は、わが身に課せられた役目の重さを、改めて自覚したものです。

月満ちて生まれたのは姫宮で、後に名前は興子《おきこ》としました。正直、男の子やなくて、がっかりでした。江戸でも、さぞや落胆してるやろと、申し訳ない気がしました。けど自信を持とうと考え直しました。少なくとも私が元気な子を産めることは、はっきりしたわけですし。

一年後に中宮になりました。帝の正室として認めていただいた形です。翌年も女の子が生まれ、次の年に、また子を宿し、今度こそ皇子をと期待が高まりました。

産月まで、あとふた月というときに、江戸から哀《かな》しい知らせが届きました。母が五十四歳で亡くなったのです。

月満ちて生まれたのは、元気な皇子。高仁《すけひと》親王さんです。母が知ったら、どんなに喜んだやろかと、残念でなりませんでした。

皇子が笑うようになり、寝返りをうち、はいはいをするようになって、何もかもが上《う》手《ま》くいっていたときでした。

幕府から思いがけない注文を突きつけられたのです。世にいう紫衣《しえ》事件です。昔から紫色は、どの宗派の僧侶にとっても、特別な法衣でした。帝から許されて初めて着られる色ですし。

禁中並公家諸法度が発せられたのは、それより十二年も前でしたが、その中に紫衣に関する条項が設けられていました。

内容は、こんなふうでした。

「かつては紫衣を許される僧侶は少数だったが、近年は乱発されて、寺の格が乱されたりするので、よろしくない。今後は、よく検討して、紫衣に相応《ふさわ》しい僧侶かどうか確めた上で、事前に申し出ること」

この「事前に申し出ること」という点が、帝には、お気に召しませんでした。

「いちいち幕府に申し出てたら、将軍が紫衣の許しを下すようなものやないか。たかが坊主の着物のことで、そないに幕府の顔色をうかがいとうはない」

そう仰せで、禁中並公家諸法度ができてからも、ご自身が高僧と認められたお坊さんには、紫の法衣をお許しにならはってたんです。

けど幕府が急に、あかんと言い出して、それまで帝が出さはったお許しを、全部、なかったことにしてしまいました。

お寺に踏み込んで、有無も言わせず、紫の衣を取り上げたのは、板倉さんご自身と、ご家来衆でしたね。

あのとき私は問い詰めました。なんで、そないに手荒なことをおしやすのかと。板倉さんは将軍の命令やからと、言い訳しましたね。

私は、それ以上、責めるのはやめましたけど、正直、恨みましたよ。いよいよ帝は、ご立腹でしたし。

それからしばらくして、沢庵宗彭《たくあんそうほう》という和尚《おしよう》さんが、幕府に抗議文を送らはりました。でも、それが、また罪に問われてしもうて。

沢庵和尚は、沢庵漬けを広めたお坊さんともいわれますけど、ほんまかどうかは、ようわかりません。ただ、そんなふうに下々の暮らしにも、心を配る方でした。

沢庵和尚は、ご自身が紫衣を取り上げられたわけやありません。もう隠遁《いんとん》生活に入られてたし。ただ、前に首座を務めてはった大徳寺《だいとくじ》さんが紫衣を奪われたことに、抗議しやはったんです。

帝は仰せになりました。

「幕府は沢庵が気に入らんのや。石田三成の墓を作ったからな」

石田三成が関ヶ原の合戦に負けて、六条河原で処刑されたときに、沢庵和尚は遺体を引き取って、手厚く弔ったそうです。

男気のある、おふるまいやと思います。けど幕府としては、敵を供養したわけですから、許しがたいお坊さんです。それが抗議文を出したんで、いよいよ問題は大きゅうなってしもうたとか。

そんな揉めごとの最中《さなか》、私の人生で、いちばん哀しいことが起きました。

高仁親王さんが亡くならはったんです。生まれて、まだ一年半ちょっと。食べたものを吐き戻し、お腹《なか》を下したと思うたら、どんどん弱っていって、亡くなるまで、ほんの一日か、二日でした。

ちょこちょこと歩き始めて、かわいい盛りで。帝は冷とうなった皇子を、いつまでも抱いて、放そうとなされませんでした。そして怒り心頭のご様子で仰せになりました。

「坊主の着物のことなどに、幕府があれこれ言うさかいに、仏罰が下ったんや」

帝は何もかも嫌になって、もう譲位したいと仰せでした。

「中宮、おまえから江戸に、朕は譲位すると知らせてくれ」

帝は苦しげに仰せになりました。

「中宮、おまえには悪いが、将軍家の血を、天皇家に入れるわけにはいかん。将軍が次の天皇の外戚になったら、この先、天皇家は将軍家に頭が上がらんようになる」

最初に、お与津のことで横槍《よこやり》を入れられ、そのうえ紫衣事件。これ以上は我慢ならんと仰せでした。

そのときも私は身重でした。もし、また皇子が生まれても、その子には譲位せずに、養子に出したいとのこと。明らかに幕府に対する抵抗です。

私は複雑な思いでした。わが子を次の帝にしたいという感情と、今の帝の苦労を、わが子には引き継がせたくないという感情が、交錯するばかり。

ずいぶん迷いましたけど、そこまで帝が将軍家の血を拒まれるなら、それを受け入れようと決めました。そして父と兄宛の手紙で、帝の譲位のご意思を伝えたのです。

幕府は慌てました。そして時期尚早と、譲位を引き止めにかかりました。せめて中宮の出産を待てとのことで。

生まれたんは皇子でした。けど、この子は早産で泣き声も弱々しく、育つかどうか、危ぶまれました。案の定、たった五日の命でした。

翌年にも私は子を宿しました。五回めの妊娠でした。

そのころ、紫衣事件で抗議文を送った沢庵和尚が、流罪になるとの噂《うわさ》が、江戸から聞こえてきました。

すると帝は、また譲位を口になさいました。幕府が譲位を待てというなら、沢庵和尚の罪状を許してやってくれという、条件つきの駆け引きでした。

けど幕府は聞いてくれませんでした。沢庵和尚を遠い奥州《おうしゅう》に流してしもうたんです。条件を無視されたのですから、帝は譲位に追い込まれたも同然でした。

私も幕府のやり方には腹が立ちました。そして次に生まれるのが、女児であるようにと祈りました。帝だけやのうて、私自身も、何もかも嫌になってしもうたんです。

沢庵和尚が流刑に処された翌月、五番めの子が生まれました。女の子で、私はほっとしたものです。また幕府が落胆したかと想像すると、胸のすく思いすらしました。

板倉さんが、お福《ふく》を連れてきたのは、そんなときでしたね。元々は家光兄上の乳母《めのと》で、私が江戸城で育ったころには、もう大奥を取り仕切っていました。それが私の様子を探りに、わざわざ江戸から来たのです。

お福は沢庵和尚の流刑が、いたし方なかったと言い訳し、私は冷ややかな思いで、それを聞いていました。

それから、お福は硬い表情で申しました。

「出すぎたことと承知で申し上げますが、中宮さまは何のために入内なさったか、覚えておいでですか」

私は何を今さら聞くのかと、少し斜にかまえて答えました。

「皇子を産んで、将軍家の血筋を天皇家に入れるためでっしゃろ」

　すると、お福は首を横に振りました。

「たしかに、お江の方さまは、そんなふうに、お望みでしたが、権現さまは、そうは仰せにはならなかったはずです」

　お祖父さまは亡くなって以来、権現さまと呼ばれていました。

　私は、お祖父さまの言葉を、ふと思い出しました。

「そなたは天皇家と将軍家の橋渡し役じゃ。できるだけ両家が対立せぬように務めよ」

　孝蔵主が果たしたのと同じような連絡役を、私に期待なされたのです。

　お福は胸を張って指摘しました。

「権現さまは中宮さまに、天皇家と将軍家の対立を避けるようにと、お望みだったはずです」

　たしかに、それが私の本来の役目でしたので、率直に認めました。

「そうゆうたら、そうでしたな」

　お福は、ようやく表情を和らげました。

「なんとか両家の顔が立つように、どうか、お力をお貸しください」

　私は、むっとして聞きました。

「これでも、ずいぶん頑張ってきたつもりです。これ以上、何をしたらええて言うんですか」

紫衣事件をこじらせて、対立を深めたのは、幕府側なのです。それを今まで我慢してきたつもりでした。

お福は両手を前について申しました。

「中宮さまが、たいへんなお立場なのは、重々承知しております。ただ今しばらく、帝に譲位を思い留《とど》まっていただけますよう、お力添えくださいませ」

「今すぐ譲位なさらなかったら、そのうち何か変わるんですか」

「両家の顔が立つように、幕府も尽力いたします。ですから、お力添えを」

私には帝を説得する自信が、もうありませんでした。そのまま黙り込むと、お福は膝を乗り出しました。

「では帝に、お目にかからせてはいただけませんか。なんとか私から誠心誠意、お話しさせていただきとうございます」

帝に拝謁してもらうには、それなりの身分が必要です。すると、かたわらに座っていた板倉どんが、急に言いましたね。

「まずは、お福どのが位階を賜りますよう、お力添えくだささい」

私は腹立ちを呑み込んで答えました。

「帝に、ご相談させてもらわんと、どうなるか、わかりません」

お福はすがりつくように申しました。

「とにかく、ご相談くださいませ」

「そんなら沢庵和尚の流刑を解いてください。それが先です」

「それは将軍もお考えです。ただ、これが先、これが後と、双方で主張し続けていると、対立が深まるばかりです。その辺りも含めて、私から帝に、お話しさせてくださいませ」

　妙に自信ありげでしたので、そんなら、やってみてくださいという気になりました。

「わかりました。とにかく帝にご相談してみます。どうなるかは、わかりませんけど」

　私は火に油を注ぎそうな気もしましたけど、お福も板倉さんも安心したようでしたね。

　実際に帝に申し上げると、案の定、逆鱗《げきりん》に触れました。

「その、お福とやらは、何さまのつもりや」

　もとをたどれば、お福は美濃の名門、斎藤一族の姫やったそうです。そう、かの斎藤道三《どうさん》の一門です。それが紆余曲折《うよきょくせつ》を経て落魄《らくはく》し、娘時代は三条西家《さんじょうにしけ》に身を寄せていたとか。

　都の公家屋敷で育った経験が、お祖父さまの目に留まり、家光兄上の乳母に用いられたと聞いてます。

　江戸では都のことに通じた者が少ないし、私が入内する前には、お福から教えてもらうことも、ぎょうさんありました。

けど江戸ではありがたがられても、都では公家屋敷の住み込みなど、奉公人と変わりません。そんな立場で拝謁を望むとは、身のほど知らずやと、帝はご立腹でした。

それから帝は開き直られました。

「そんなら会《お》うてみようやないか。どんな立派な話をするか、聞いてみよ」

結局、お福には、従三位《じゅさんみ》の位階を与えました。春日局《かすがのつぼね》という名号《めいごう》も、このときに賜ったのです。そうして、お福は参内し、帝におめもじしました。

その夜、私は帝にお聞きしました。

「お福は、何と?」

「話にならんな。譲位を先延ばしすれば、沢庵の流刑を解くそうや。もともと沢庵を許せば譲位はせんと、こっちから先に伝えたのに、勝手に流刑にしておいて、今さら何や」

なぜ流刑にしたかと、帝は問い詰めはったそうです。そしたら、お福は、いったん流刑にしませんと、幕府としての面目が立ちませんからと、お答えしたとのこと。

そういうたら、お福は私の前でも「顔が立つ」ことに、こだわっていました。たしかに武家は面目やら何やらに、妙なこだわりがあるのは、子供のころの記憶にもありました。

帝は、お腹立ちまぎれに仰せになりました。

「とにかく、もう譲位する。沢庵のことは、あれほどの人物や、放っておいても、周りが何とか手を貸すやろ」

沢庵和尚の流刑先は、奥州は出羽国《でわのくに》の上山《かみのやま》ゆうところでした。上山の殿さんは、沢庵和尚の人となりに感じ入って、新しく草庵を用意したり、悪《あ》しゅうない扱いやと聞いてました。

私は今度こそ、帝の譲位は避けられへんと覚悟しました。こんなときには、なるたけ血縁の近い宮家から、次の帝を選ぶものです。けど私は、ずっと考えてきたことを申し上げました。

「女の天皇さんは、いけませんでしょうか」

帝は怪訝《けげん》そうなお顔をなさいました。

「女の帝？」

私が産んだ最初の女児が、もう七歳になっていました。いっそ、その子を次の帝にと考えたのです。

「今までに女の帝は何人もおいでです。けど、その女帝が産んだ子が、帝になったことはありません。それどころか子を産んだことも、ないと思います。それが決まりごとのようです」

私が内々に調べてみたところによると、大和国に都があったころ、三十三代の推古《すいこ》天皇から、四十八代の称徳《しょうとく》天皇まで、十五代のうち八代が女の天皇さんでした。とにかく女帝でも何でも、今は将軍家の血を引く天皇さんを立てて、幕府の面目を通してしまう。けど、それは一代きりで、将軍家の血は、天皇家に残りません。それなら帝のお望みにも、かなうのやないかと思いついた次第です。

それに今度、女の天皇さんが擁立されたら、八百五十九年ぶりのことになります。それほどの異常事態を起こすことで、幕府への抗議も示せます。

帝は腕組みをして、考え込まれました。

「女帝かァ」

しばらくして腕をほどかれました。

「なるほどな。今まで考えたことはなかったけど、悪ない手かもしれん。そしたら朕は譲位して上皇になり、院政を敷こう。それがええ」

私としては何の覚悟もなく、重荷を負わされる娘が不憫《ふびん》でしたが、院政が敷かれるのであれば、何よりです。

そうして譲位の準備が、密《ひそ》かに進められたのです。

忘れもしない寛永六年十一月八日の朝のこと。帝は公家衆に束帯で集まるようにと、お触れを出されました。

公家衆は急な召集に、何事かと怪訝に思いながらも、言われた通りに参内しました。全員が着座したところで、帝の身近にお仕えする者が、これから譲位の儀を執り行なうと告げたのです。誰もが驚きましたが、もう止められません。

誰が次の帝になられるのか、その場では知らされませんでした。けど散会するなり、すぐに興子内親王と噂が広まり、いよいよ驚嘆したそうです。

けど追いかけるようにして、幕府に抗議するとゆう裏事情も広まりました。それで皆、納得顔に変わりました。公家衆は幕府の横暴に、たいがい腹を立ててましたさかいに、女帝擁立によって一矢むくいると喝采したのです。

翌日、私は東福門院《とうふくもんいん》ゆう院号を頂きました。

その日のうちに板倉さんは、えらい剣幕で私のところに来やりましたね。このようなことは「言語道断」やゆうて。

私は、女帝に至った理由と、この方法を帝にお勧めしたのは私やと、包み隠さず話しました。

「お福が来やったときに、天皇家と将軍家の両方の顔を立てて欲しいと、私に願い出ました。私は、その通りにしたつもりです。これが、あかぬなら、お勧めした私を罰しやす」

板倉さんは、もう目をまん丸に見開いてましたな。けど、しばらくしてから、ようやく言いました。

「中宮さまを罰するなどと、そのようなことは仰せにならない方が、よろしいかと存じます。とにかく、ここは穏便に」

「もう中宮とは違います。今は東福門院ですし、いつでも処罰は受けますえ」

それは本気でした。けど板倉さんは黙ってしまいましたね。

結局、帝が譲位されたことは、私から江戸の父と兄に、お文で知らせました。

それから有職故実《ゆうそくこじつ》に通じた宮さん衆が、大慌てで女帝の先例を調べたり、板倉さんは公家衆の反応を聞きまわったりで、なんやら忙《せわ》しない日が続きました。

その年の暮れになって、ようやく幕府から「譲位は先帝の思《おぼ》し召《め》し次第」という返事が届き、私は胸をなでおろしました。

私が言い出したことに、幕府が、あれこれ指図はできぬとは思うてましたけど、それでも反応は気がかりでしたので。

年が改まってから、女帝擁立の具体的な準備が進み、興子内親王の即位の儀が執り行われたのは、九月十二日でした。それが八百五十九年ぶりの女の天皇さんです。私は、ほんまに肩の荷がおりた思いでした。

即位から一年半も経《た》たないうちに、江戸で父上が亡くならはりました。私の産んだ皇子に、譲位できぬ結果になり、さぞや、がっかりして亡くならはったんやろと思うと、申し訳ないばかりでした。今も、あの世で、母上と嘆いてはるかもしれません。

二代将軍の逝去で恩赦があり、沢庵和尚の流刑が許されました。けど都に帰って来られたのは、それから、また二年も後でした。

そのころ家光兄上が、自分の姪《めい》である天皇さんに拝謁するために、都に上ってくることになりました。

すると大徳寺のご住職が、私に頼みごとをしました。

「将軍さんが都にお越しになられたら、いちど沢庵和尚にお会いいただけぬものでしょうか」

大徳寺は、かつて沢庵和尚が首座を務めて、紫衣事件の発端になったお寺でもあります。

沢庵和尚は罪状は許されましたけど、ほんまに徳の高いお坊さんやということを、将軍にわかっていただきたいとのことでした。

私は帝のお許しを得て、幕府と沢庵和尚との仲立ちを引き受けました。

二条城での謁見の場には、私はまいりませんでしたけど、後で聞いたところによると、わずかな時間で、兄上は沢庵和尚の崇高さに気づかれたとか。

その後、沢庵和尚は江戸に召し出されました。兄上が和尚に帰依なされたのです。それを聞いたときに、私は紫衣事件が、ようやく終わったと感じました。

板倉さんの紫衣の取り上げから、九年もかかったのですえ。今やから、こんなに笑《わろ》うて話せますけど。ほんまに長うて、つらい年月でした。

父上が亡くなってから、ようやっと私は見張り役がいなくなった思いで、夫の寝所に別の女の人を上げました。

私の母は側室を認めず、父も表向きは、それを守ってきましたから、ふたりが亡くなるまでは、私も、それに倣《なら》うしかありませんでした。また、お与津のときのように、幕府から文句を言われたら嫌ですし。

私は男児二人、女児は五人も産みましたけど、育ったのは女児ばかり四人でした。とにかく、それほど子をもうけたのですから、もう、お役は退《ひ》かせて欲しいと、ずっと前から望んでいました。

そうして寝所にあげた公家の娘が、男の子を産んだのは、父上が亡くなって一年と二ヶ月後のことでした。素鵞宮《すがのみや》さんです。

その後、女の天皇さんが二十一歳でご譲位されて、素鵞宮さんが次の帝になられました。今から四年前のことです。

素鵞宮さんは、私が母親役としてお育てしましたので、将軍家が外戚の立場です。これで天皇家も将軍家も、どちらの顔も立ったはずです。

　ときを前後して、将軍家にも世継ぎが生まれました。兄上は女の好みに、少し難しいところがあったらしゅうて、なかなか世継ぎが生まれませんでした。そんな兄上が三十八歳にして、初めて授かった長男でした。さぞや江戸では大喜びですやろう。

　顧みれば、あれやこれやと重いことばっかりでしたけど、今になってみれば、私は、せいいっぱい頑張りました。ずいぶん我慢もしたつもりです。悔し涙をこぼしたのも、なんべんもありました。

　けど、これからも天皇家と将軍家は、末長く続いていきますやろ。お祖父さまは、きっと誉めてくださると思います。よう頑張った、よう我慢したゆうて。

　お祖父さまの最後の気がかりは、朝廷対策でしたし。その仕上げのお手伝いができて、自分でも誇らしゅう思うてます。

　板倉さんとは、なんべんも険悪になりましたけど、今は、こうして一緒に松茸狩りに来れるのやから、ありがたいことですえ。

　ああ、聖護院さんの山荘が、見えてきました。縁側で昔話をと言うたけれど、歩きながら、何もかも話し終えてしまいましたな。

　松茸、土瓶蒸しにしましょか。それとも炭火で焼きましょか。松茸ご飯も、よろしいなァ。

こんなふうに、のんびり松茸狩りに来れるとは、頑張ってきたご褒美ですな。ほんまに、ありがたいことですえ。

# 第七章　春日局

寛永《かんえい》二十（一六四三）年三月十五日京都・真如堂《しんにょどう》と金戒光明寺《こんかいこうみょうじ》にて

お万《まん》どの、ほら、見てごらんなさい。この小道の両側は、ずっと紅葉の木ですよ。今は若葉が出揃《でそろ》ったばかりだけれど。

そなたも都の生まれ育ちだから、桜や紅葉の名所は、たくさん知っているでしょうけれど、この真如堂さまの紅葉と桜も、なかなか見ごたえがありますよ。

秋になるとね、この辺は真っ赤。春には八重桜やら枝垂れ桜やらが、あちこちに華やかに咲き誇るの。

この木をごらんなさい。葉っぱは見るからに桜でしょう。でも幹が、ほかと違うの。桜の皮は横に筋が入っているものだけれど、この筋は縦になっているでしょう。だから桜は桜でも縦皮桜《たてかわざくら》といって、ひっそりと小さな白い花をつけるのですよ。

これはね、十年近く前に、私が植えたのです。華やかさはないけれど、可憐《かれん》で、控えめな花が好きでね。

この真如堂さまと、お隣の金戒光明寺さまには、前々から、こうしてそなたとふたりで、こっそり来てみたかったのです。あらかじめ私が来ると知らせると、出迎えだの接待だのと大騒ぎになるから。

お忍びで来ると、本当に静かでいいこと。私が春日局という名前を賜るまでは、身軽に来ることもできたのですけれどね。

思えば、もう十何年も前になりますね。あのときも今と同じように、はるばる江戸から都に上《のぼ》ってきて、春日局の名号《めいごう》と位階を賜ったのですよ。それから帝《みかど》に拝謁させていただいたのです。本来の名前は、お福でした。

あのとき帝は、私の参内に「身分を心得ない不届き者」と、いたくご立腹なさったとか。それで私が処罰されはしまいかと、幕府方では気を揉《も》んでくださったのですよ。でも最初から命がけのつもりでなければ、帝に物申すことなどできません。

この桜の裏手の小道を行きましょう。お墓が並んでいるでしょう。この中のひとつ、これですよ。これが斎藤利三《さいとうとしみつ》のお墓。明智光秀の一の家臣で、私の父親です。

そうそう、お万どのは察しがいいこと。その通り、ここに父のお墓があるから、さっきの桜を植えたのですよ。無念で死んだ父の魂を、なぐさめたくてね。

そなたには私の来歴など、話したことはなかったと思うけれど、今日は、ゆっくり聞いてくださいな。

もう私は先が長くはなさそうだし。いえいえ、いつまでも元気ではいられません。だって、もう六十五ですよ。

え？　権現さまは七十五歳まで、お元気でいらしたと？　それは権現さまが日頃から、ご体調には気を配られていたし、お薬も、ご自身で調合なさるくらいで。でも私は薬断ちをしていますから。

家光さまが幼いころ、疱瘡《ほうそう》にかかられたのです。そのとき「今後一切、私は薬を飲みませんので、若君のお命を、お救いくださいと神仏に誓ったのです。

それで無事に元気になられて、三代将軍の座に着かれたのですから、その誓いは、これからも守らねばなりません。

家光さまの乳母《めのと》になった理由？　それはね、権現さまが私を選んでくださったの。

そのころの権現さまは、とっくに還暦は過ぎてらしたけれど、なんだか男の色気があってね。こんなことは女にしかわからないし、誰も書き残さないとは思うけれど。大きな目に力があって、見つめられると、なんだか気持ちが騒いだものです。

初めてお目にかかったとき、私は夫と息子がいる身だったし、よくぞ、そんなことを、ぬけぬけと言うものだと、呆《あき》れるかもしれないけれど。

でも、わかるでしょう。まれに、そういう男の方がいるって。権現さまに会って、惚《ほ》れなかった女など、いないんじゃないかしら。

ご本人には、そんな気は、さらさらないのですよ。特に私など、権現さまが相手になさるような女ではなかったし。若いころに疱瘡を患ったせいで、今でも、こんな肌ですしね。

ただね、私が疱瘡に罹《かか》ったことがあったことも、権現さまには気に入っていただけたのですよ。二度とかからないから、大事なお孫さまの乳母としては、都合がいいでしょ。

実際、上さまが幼くして疱瘡にかかられたときに、片時も離れずに、ご看病できたのだから、たしかに役には立ちました。


さあ、私の父のお墓に、お線香をあげてくださいな。それから、お隣の金戒光明寺さまへ、まいりましょう。

私の父の斎藤利三はね、娘が言うのも変だけれど、勇猛果敢なうえに、先見の明や判断力にも優れた武将でした。

ひとりめの妻は、美濃の斎藤道三の娘だったとか。その方には先立たれて、後妻に入ったのが、稲葉一鉄《いなばいってつ》の娘。私の母です。母は私の兄ふたりと、私を産み育てました。

父は、若いころは室町幕府で奉行を務めたり、義父である稲葉一鉄に仕えたり、また離反したりで、腰の定まらない時期もあったようです。でも最終的には、明智光秀に見込まれて、重臣として迎えられたのです。

明智光秀は織田信長さまの配下として活躍して、丹波《たんば》の福知山《ふくちやま》で城主となると、その南にある黒井というお城を、父に与えました。

私が生まれたのは、その黒井城です。だから幼いころは、これでも姫君だったのですよ。優しかった父のことも、おぼろげながら覚えています。

本能寺の変に際しては、父はあらかじめ聞いており、反対したらしいのです。でも信頼して打ち明けた主人を裏切れず、信長公を討つことになったと聞いています。でも羽柴秀吉に負けて、明智光秀は三日天下。父も捕らえられて、六条河原で打首になりました。その後、わざわざ首を体に縫いつけられて、三条粟田口《あわたぐち》で晒《さら》されたそうです。

私は、まだ四歳でしたので、何もかも後から聞いた話ですけれど。それでも自分の父が、そんなふうに処刑されたかと思うと、今でも胸が苦しくなります。

父が生前に親しかった武将で、後に絵師になった海北友松《かいほうゆうしょう》という方がいました。この真如堂のご住職とも、懇意にさせていただいていたそうです。そこで友松どのは、ご住職と謀って、深夜、密《ひそ》かに父の遺骸を奪い、ここに葬ってくださったのです。

謀反者の重臣ですから、家族でも表立っては、お墓参りはできませんでした。

それに権現さまは一時的にでも、信長さまの配下に入られたのだから、父は徳川家にとっても主筋殺しの一味。だから本来は、お墓参りなど、今でも差し控えるべきではあるけれど。

そうはいっても本能寺の変は、かれこれ六十年も前だし、今となっては文句を言う者もないでしょう。

それから私は母と兄たちと一緒に、母方の祖父、稲葉一鉄に引き取られ、所領の美濃で暮らしました。もともと祖父は織田信長さまの配下にいましたが、本能寺の変の後は、豊臣秀吉に仕えました。

私たち家族は秀吉の手前、美濃に居づらくなって、四国に身を寄せた時期もあります。父の妹が土佐《とさ》の長宗我部元親《ちようそかべもとちか》に嫁いでいたので、それを頼っていったのです。

ただ私は田舎暮らしに飽き足らず、自分で望んで都に出ました。祖母の実家が三条西家でしたので、そちらに行儀見習いに入ったのです。

父に押された謀反者という烙印《らくいん》を、いつか跳ね返そう、そのためには相応の大名家に嫁いで、世の中を見返してやろうと、意気込んでいました。

若いころの私は、負けん気が強かったのです。今は、ずいぶんおとなしくなったのですよ、これでも。

三条西家は公家《くげ》ですので、私は読み書きはもちろん、歌も詠めるようになりました。装束の決まりごとから、公家衆の序列まで、いつしか頭に入っていました。

でも、さっきも話した通り、娘時代に疱瘡を煩ったのです。顔にあばたが残り、良縁は遠のきました。そのときの悔しさ、情けなさといったら。

一方、美濃の稲葉家では、娘に婿養子を取って、家を継がせていました。ところが、その家つき娘が早世して、婿養子だけが残ってしまったのです。

そこで稲葉家と血縁のある私に、後妻に来ないかと持ちかけてきたのです。ほかに縁談もなかったし、私は承諾しました。

夫となったのは稲葉正成《まさなり》。気乗りしないままで嫁いだものの、彼もまた、ひとかどの武将でした。やはり豊臣秀吉に見込まれて、小早川秀秋の補佐役を命じられたのです。

小早川秀秋は、豊臣秀吉の妻、お寧の甥《おい》っ子です。子供のころから秀吉の後継者と目されており、夫は、その家老として五万石で召し抱えられました。

私は、その後妻になってから、最初の息子を産んで千熊《せんくま》と名づけ、前妻や妾腹《めかけばら》の子供たちの面倒もみました。念願だった大家の正室に収まって、それなりに幸せな日々でした。

関ヶ原の合戦では、小早川秀秋は西軍に属しました。でも夫は開戦前から東軍側に通じており、主《あるじ》に寝返りを勧めました。

小早川秀秋は、それに応じた結果、めでたく勝者側に属しました。まさに東軍勝利の鍵を握っていたと申しても、過言ではありません。

とはいえ小早川秀秋自身は、西軍の武将らから裏切り者と罵倒され、それを気に病んで、そそのかした夫が悪いと責め続けました。夫は我慢ならなくなり、主人を見限って出奔。五万石の家禄を失いました。

　夫の力量をもってすれば、いくらでも盛り返せるはずでしたが、以降、合戦はなくなり、世に出る機会を失いました。新たに仕官しようにも、世には関ヶ原の浪人があふれており、召し抱えてくれる大名が見つかりません。

　結局、私は父が謀反者の家臣、夫が裏切り者の家臣という身になってしまったのです。私は出産間際の大きなお腹《なか》を抱え、都の貧乏長屋で、明日のお米にも困る暮らしでした。

　それまでも浮き沈みの波はあったけれど、あそこまで落ちぶれたのは初めてでした。夫は荒れるし、子供たちは怯《おび》える毎日。稲葉の祖父はすでに他界しており、私は三条西家を頼ったり、縫いものの手間仕事を、細々と請け負ったり。

　私は針を動かしながら、今に見ておれ、こんな暮らしからは、きっと抜け出してやると、心に誓ったものです。でも女には、どうすることもできず、切歯扼腕《せっしやくわん》の毎日でした。

　そうしているうちに、ふたりめの男児が生まれて、常磐丸《ときわまる》と名づけました。私は赤ん坊の世話で、とうとう手間仕事もできなくなり、まさに追い詰められたときに、耳寄りな話を聞きました。

　江戸の将軍家で、将軍の孫に当たるご長男がお生まれになり、その乳母を探しているというのです。将来は将軍の座が約束されているお子さまですし、私の息子たちは乳《ち》兄弟《きょうだい》として出世できるかもしれません。

私は乳の出もよかったし、話に飛びつこうとしましたが、夫が許しませんでした。

「女房に食わせてもらうつもりはない」

そう言いながらも、それまでだって、私の手間仕事で食いつないでいたのですよ。もう罵詈《ばり》雑言《ぞうごん》の夫婦喧嘩《ふうふげんか》になりました。

何と言われようとも、この機を逃してなるかと、ひとりで京都所司代のお屋敷に名乗り出たところ、悪くない感触でした。江戸に行くようにと、支度金をいただき、久しぶりの大金に手がふるえたものです。

家には、お与弥《よね》という夫の妾がいましたので、後を頼み、「離縁だッ」と叫ぶ夫を尻目に、自分の産んだ千熊と乳飲児の常磐丸だけを連れて家を出ました。

初めて権現さまに、お目通りいただいたのは、江戸城の大奥でした。私が来し方を包み隠さずに打ち明けると、父の名も夫の名も、ご存じでした。

「関ヶ原で東軍を勝利に導いてくれたのに、そんな境遇になったとは、気の毒なことをしたな。そなたの今後の働き次第で、夫も取り立てよう。連れてきた息子たちは、ここで一緒に育てるがいい。心して仕えよ」

後になって知りましたが、権現さまは苦労人で、苦労した女には情け深いのです。それに私が公家の暮らしに通じていた点も、気に入ってくださいました。

権現さまは、もうひとつ大事なことを、私に託されました。

「お福、これから、そなたが最も気づかうべきは、家中の揉《も》めごとじゃ。家中の対立は、奥から始まることも多い。それだけは避けるように気をつけよ」

私は深々と平伏して承り、その日から息子たちとともに江戸城大奥で暮らしました。

驚いたことに、次期将軍の秀忠さまには、ひとりも側室がおらず、大奥では御台所《みだいどころ》のお江の方さまと、権現さまの母上の於大の方さまが、侍女たちと一緒に暮らしておいでてした。

お子さまは、長女の千姫さまが、もう大坂城に嫁いでおいでで、その下に幼い姫さまが三人。

四姉妹の後に、三代将軍となるべく、ご長男がお生まれになったところでした。お名前は竹千代さま。代々、ご長男につけられるお名前です。私は竹千代さまを抱いて、お乳を差し上げました。

大名家では正室は、いくら乳の出がよくても、乳母を雇うのが常でした。授乳している間は次の子ができにくいので、正室は早く断乳して、できるだけ多くの子を産むように仕向けられるのです。

授乳中、常磐丸がやきもちを焼いて、竹千代さまを押しのけようとすると、於大の方さまが気づいて、常磐丸の相手をしてくださいました。お優しい方でした。

一方、お江の方さまは、ようやく生まれた大事な息子を、私に取られたように感じられたのか、最初は難しい方のように思えました。何でもはっきり仰せになりますし。向こう気の強さでは、私も負けました。というよりも、こちらは下手に出るしかありません。ただし慣れてくると裏表のない方で、いつしか私のことを気に入ってくださいました。

でも竹千代さまは、あまりご丈夫ではなくて、高い熱を出しては、引きつけを起こすこともたびたびでした。お江の方さまも私も、毎度、寿命の縮む思いをしたものです。疱瘡にかかられたのも、そのころでした。

翌年には、権現さまが将軍職を秀忠さまに譲られて、駿府城に隠居されました。国内の治世は二代将軍秀忠さま、朝廷や外国との関わりが権現さまという役割分担でした。

さらに翌年、お江の方さまは、ふたりめの若君を出産なさいました。国千代《くにちよ》さまです。竹千代さまがご病弱だったので、ご両親のお喜びは、ひとしおでした。

そのころになっても竹千代さまは、まだ言葉を発せず、お耳が聞こえないのかとも案じられました。普段は呼びかけると振り向かれるのに、反応がないときもありました。

何をしているのか見ると、地面にしゃがんで蟻《あり》が歩きまわるのを見つめていたり、空を見上げて雲の動きを眺めていたり。一風、変わったお子さまでしたが、そのうち並外れた集中力のなせる業だと気づきました。

一方、国千代さまは、生まれたときから、はっきりとしたお顔立ちで、色が白く、日ごとに愛らしさが増しました。

お江の方さまは、いよいよ喜ばれました。

「この子は、わらわの母に似たのであろう」

お江の方さまの母上は、戦国一の美女と評された、お市の方さま。

国千代さまは風邪ひとつひかず、寝返りも、つかまり立ちも早く、大奥には笑い声が絶えない日々が続きました。

乳兄弟の常磐丸ですら、国千代さまのお部屋に遊びに行きたがり、まるで弟のように可愛《かわい》がるのです。

そんな様子を、竹千代さまは親指を吸いながら、上目づかいで、じっと見つめるばかり。そうなると乳母としては情けないような、いらいらするような、いじらしいような。

するとお大の方さまが、なぐさめてくださいました。

「お福、案ずることはない。昔、竹千代も三つになっても、ひとこともしゃべらなんだ。年の暮れの生まれだから、同じ歳の子供と比べるわけにはいかぬが、それを差し引いても、早い方ではなかった」

於大の方さまは、実家と婚家の対立で、ご実家に帰られたので、その後の成長ぶりは、ご覧になってはいないのですが、三歳までは、そんなふうだったそうです。

「この竹千代は愚鈍に見えて、実は人のすることを、じっと見ていて、考えているようにも見える。うまく育てれば、思慮深い子になるかもしれぬ」

そのころ権現さまの思《おぼ》し召《め》しで、夫の稲葉正成が、お召し抱えになりました。美濃に持っていた旧領を復帰してくださり、大名に列せられました。

江戸屋敷も賜り、私は久しぶりに夫と会いました。夫は胸を張って申しました。

「おまえのおかげではない。わしが小早川さまに、東軍への寝返りを進めたのが、正当に評価されたのだ。これで、おまえも息子たちも、卑屈にならずにすむだろう」

私は腹立ちをこらえて申しました。

「まことに、その通りです。あなたの力が認められて、嬉《うれ》しゅうございます」

それを機に千熊は竹千代さまづきにしていただきました。常磐丸は前から国千代さまのお座敷に近しく出入りしていたことから、国千代さまづきと決まりました。

それからも竹千代さまの言葉は遅く、五つの節句を迎えるころになって、ようやく私や千熊には、とつとつとしゃべってくださるようになりました。

十二歳になっていた千熊は、竹千代さまのご様子を拝見していて、鋭く指摘しました。

「竹千代さまは、すごく頭がいいと思う。ただ将軍家の世継ぎと期待されるのが、ちょっと重荷なのかもしれない」

私は、なるほどと思いましたが、その期待だけは、どうあっても外せません。

竹千代さまは母上や父上の前では、相変わらず口をつぐみ続けました。国千代さまの方が、ずっと、お口は達者でした。おどけて皆を笑わすことも、たびたびでした。

「国千代は賢い。大奥の人気者じゃ」

お江の方さまは竹千代さまの前でも、たびたび国千代さまのことを誉《ほ》められました。

ある日、お江の方さまは、黙り込む竹千代さまに苛立《いらだ》って、とうとう声を荒立てました。

「竹千代は、乳母の前では話すらしいが、なぜ母の前では話さぬ？　母が嫌いか」

竹千代さまは首を横に振りました。

「竹千代、はっきり声に出して返事をせよ。はいか、いいえか」

すると竹千代さまは、何度も息を吸われてから、ようやく小声で仰せられました。

「い、い、い、いいえ」

お江の方さまは、いまだ怒りが収まらぬ様子で聞かれました。

「嫌いではないのだな。ならば、嫌いではありませんと、はっきり答えよッ」

竹千代さまは、また何度も息を吸ってから、声を出されました。

「き、き、き、嫌いでは」

お江の方さまは、いよいよ苛立ちました。

「何を、もたもた言《ゆ》うているのじゃ。さっさと話せッ」

でも促せは促すほど、言葉は出てきません。

「き、き、嫌いでは、あ、あ、あ、ありま」

私は、見ていられなくなって止めました。

「奥方さま、どうか、今日は、ご勘弁ください。竹千代さまは気が動転されています。明日にでも改めて」

お江の方さまは眉をひそめ、手で追い払う仕草をなさいました。

「もうよい。早く下がれ」

私は竹千代さまを促して、お座敷から出ました。そのとき国千代さまが何か仰せになったらしく、お江の方さまや侍女の方々の甲高い笑い声が、背後で上がりました。まるで、さっきの言葉を、嘲笑っているかのようにも聞こえましたが、私は竹千代さまを、おなぐさめしました。

「また国千代さまが、何かおどけて、皆を笑わせたのでしょう。次は、お仲間に入れていただきましょうね」

でも、その日を境に、私に対してすら言葉が出てこなくなり、吃音《きつおん》が始まりました。

お江の方さまは嘆息されました。

「こんなことでは先々、将軍は務まらぬな」

母上の心が、弟君に向かえば向かうほど、吃音はひどくなっていきました。

そのときまで私には、国千代さまに負けてなるかという思いがありました。でも竹千代さまが、あんなに言葉に苦しまれるくらいならと、勝ち負けの気持ちを捨てました。ここまで追い詰めてしまうとは、私のお育ての仕方が間違っていたかと悔やみました。

まもなく末子の和姫さまの天皇家への入内《じゅだい》の話が出て、大奥は慌ただしい雰囲気になりました。そんな中で、お江の方さまが仰せになりました。

「竹千代は西の丸に移るがよい」

入内準備が佳境に入れば、竹千代さまなど邪魔だと言いたげでした。

「それに千熊たちは、まもなく元服するであろうし、いつまでも、ここでは暮らせまい。お福、そなたもついて行け」

竹千代さまの元服は、まだまだ先ですが、小姓には、ほかにも千熊の同年代がいました。彼らは元服すれば、男子禁制の大奥にはいられなくなります。

かといって竹千代さまから、小姓たちを引き離すわけにもいきません。自然な口調で話せるのは、小姓相手だけなのですから。

国千代さまの小姓たちは、もっと年下ですし、まだしばらくは本丸の大奥に留《とど》まることになります。となると竹千代さまだけが、本丸から追い出される形で、ご本人も、お寂しそうでした。それでも結局は、小姓たちと一緒に暮らす道を選ばれました。

けれど本丸を出たことで、かえって重荷をおろせたのか、竹千代さまは言《い》い淀《よど》むことが減りました。

ほどなくして千熊は元服を迎え、稲葉家の江戸屋敷で家族全員が見守る中、前髪を落としました。成人後の名前は稲葉正勝《まさかつ》。夫は息子の姿に、手を打って喜びました。

「これは立派じゃ。先々、竹千代どのは三代将軍で、側近の正勝は老中だな」

けれど正勝は少し困り顔で申しました。

「でも三代将軍は国千代さまと期待する者もいます。なあ、常磐丸、そうだよな」

すると、国千代さまの小姓を務めている常磐丸が、自慢そうに言いました。

「いろいろなお大名が、御台所に贈り物を持ってきては、口を揃えて言いますよ。次の将軍さまは国千代さまですな、って」

すると夫が肩をいからせました。

「それは、わしも聞いておる。お江の方さまにすり寄って、国千代さまを担ごうというやからが増えているのだ。だが本来のお世継ぎは竹千代さまだ。竹千代さまを支持する者は、まだまだ多い。いざとなれば、力ずくで決めればよいことだ」

私は驚いて聞き返しました。

「力ずくとは、合戦ですか」

「竹千代ッ、お祖父《じい》さまの前で、まともに挨拶もできぬのかッ。今年十三になったのであろうに、情けない」

するとと権現さまは穏やかに、たしなめられました。

「お江、母親がそんなふうだから、竹千代が萎縮するのであろう。ゆっくり聞いてやれ」

お江の方さまは権現さまがお相手でも、少しも怯《ひる》まずに言い返されました。

「私のせいだと仰せですか。育てたのは乳母です。お叱りなら、お福を、お叱りくださ い」

権現さまは苦笑されて、今度は国千代さまの挨拶を受けられました。

こちらは背筋を伸ばして、はっきりとした口調で述べられました。

「お祖父さま、新年、明けましておめでとうございます。旧年中は大坂方を平げて、改めて、お祝い申し上げます」

お江の方さまは大坂の陣で、ご自身の姉上が亡くなったというのに、実にご満足そうに、国千代さまのご挨拶を聞いておいででした。

私が一瞬、下座に目を向けると、常磐丸は目を輝かせて、自分の主人である国千代さまの背中を見つめています。

一方、正勝はうつむき加減で、膝の上に乗せた両拳を、強く握りしめていました。

権現さまは、ふたりのお孫さまに問いかけられました。

「そなたらは何が好きじゃ。日頃の暮らしの中で、遊びでも稽古事でも。まずは竹千代、そなたは何が、いちばん楽しい？」

また竹千代さまは言葉が出ません。私は気を揉みました。何でもいいから、早く答えて欲しいと。

すると、しばらくして、ようやく声が聞こえました。

「い、い、い、いご」

「いご？　竹千代は囲碁を好むのか」

竹千代さまは深くうなずかれました。たしかに日にいちどは、正勝や、ほかの小姓たちと碁盤を囲んでいます。

続いて国千代さまが、いかにもハキハキと答えました。

「私は馬が好きです。馬場を駆けさせると、気持ちがようございます。小姓たちと剣術の稽古をするのも楽しゅうございます。あと弓の稽古も大好きです」

「ほう、国千代は武術が好きか」

「はいッ」

この時点で私は、三代将軍は国千代さまに決まると覚悟しました。でも、それで竹千代さまが重荷をおろせるなら、それもよいかと思うことにしました。

それからは、ご家族には新年の祝い膳が出て、乳母や小姓たちは控えの間で、ご相伴にあずかりました。

お食事の間中、お座敷からは国千代さまの声と、ご家族団欒《かぞくだんらん》の笑い声が絶えませんでした。ただ竹千代さまの声は、いっさい聞こえてはきませんでした。

食後に散会となり、私たちは、それぞれの幼い主人を迎えに、座敷の隅に戻りました。でも、いざ退出という間際になって、正勝が両手を前につき、大きな声で言ったのです。

「恐れながら、大御所さまに申し上げたきことがございます」

何を言い出すのかと、誰もが驚きました。でも権現さまは鷹揚《おうよう》に、お答えになりました。

「苦しゅうない。申せ」

すると正勝は両手をついたままで言いました。

「竹千代さまは、お言葉こそゆっくりですが、何事も深くお考えになり、そのご判断は的確です。どうか、その点は、ご理解くださいませ」

言い終えた途端に、お江の方さまから叱責が飛びました。

「何を申す。小姓の分際《あわだ》でッ。控えおろう」

私は全身が粟立ちました。でも思いがけないことに、竹千代さまが声をあげられたのです。

「お、お、お許し、く、ください。ま、正勝は、わ、私のためを、お、思って」

すると権現さまが穏やかに仰せになりました。

「わかった。竹千代、よき小姓を持ったな」

そうなると、お江の方さまも、もう何も仰せにならず、そのまま私どもは座敷から下がりました。

翌日は諸大名の新年総登城の日で、大御所さまも上さまも、それを迎えられるはずでした。私たちは普段通り、西の丸で過ごしていました。

そこに突然、権現さまがお成りになったのです。私は慌てて両手を前について、お迎えしました。

「失礼いたしました。今日は総登城の、ご対応かと」

「いや、大名など、将軍に任せておけばよい。わしは竹千代と碁を打ちにまいった。わしも囲碁が好きなのでな」

竹千代さまも正勝たちも、大慌てで平伏しましたが、囲碁と聞いて、急いで碁盤を出すやら、座布団を用意するやら。

竹千代さまは碁盤を間に置いて、権現さまと向かい合って座られました。緊張で、お顔は真っ青でした。

でも大御所さまは軽口をたたきながら、白い碁石を手に取られました。

「まったく竹千代の母は、怖いのォ。将軍は尻に敷かれっぱなしじゃ」

小姓たちは笑いましたが、竹千代さまは目を伏せるばかりです。

「実は、将軍は子供のころから、少し頼りないところがあったのでな、あのくらい勝気な女房がよかろうと、わしが選んだのだが、それにしても、あそこまで怖いとはな」

また小姓たちは笑い、竹千代さまだけが困り顔でした。

「竹千代、囲碁では、この祖父は手加減せぬぞ。真剣にかかってこい」

権現さまに促されて、対局が始まるなり、たちまち竹千代さまは集中なさいました。

部屋には碁石を置く音だけが響き、小姓たちは竹千代さまを取り囲んで、固唾《かたず》を呑《の》んで、碁盤上を見つめました。

ずいぶん時間が経《た》ってから、竹千代さまが仰せになりました。

「まいりました」

驚いたことに、すんなり言葉が出たのです。権現さまは笑顔で仰せになりました。

「竹千代は、いい打ち方をする。ずいぶん先まで、こちらの手を読んでいるな」

それまで張り詰めていた空気が、一挙に緩み、小姓たちはもちろん、竹千代さまも、ようやく笑顔になりました。

お茶を差し上げると、権現さまは碁盤の前に座られたまま、ごく気軽な調子で、ご自身の子供のころの話をなさいました。

織田方に売られた話や、今川家の人質になった話など、私も聞き入りました。

「人質は心細かったが、小姓たちが一緒だったのでな。皆で約束した。心をひとつにして、乗り切ろうと」

権現さまは正勝や小姓たちを、ひとりずつ見まわして仰せになりました。

「皆、竹千代を盛り立てるのだぞ」

小姓たちは目を輝かせてうなずきました。

それから改めて、竹千代さまに目を向けられました。

「竹千代は自信を持て。自信を持ちつつ、家来や下々のことまで思いやれ。よいな」

竹千代さまは、はっきりと答えられました。

「はい」

翌日、権現さまは国千代さまのお部屋に行かれて、武術の稽古を、ご覧になったそうです。

その翌日になると、今度は小姓たちも含めて、本丸の広間に呼ばれました。竹千代さまだけが上座近くに案内され、私と小姓たちは下座の外れに座りました。

そのまま待っていたところ、ご老中や若年寄の方々が、続々と集まっておいでになりました。

最後に国千代さまと小姓たちがまいりました。そして私たちと同じように着座するなり、大御所さまと将軍夫妻が上座に現れました。

私は緊張しました。いよいよ、お世継ぎが発表されるに違いありません。国千代さまに決まってもよいとは申せども、できれば竹千代さまを将軍にして差し上げたい思いはありました。

権現さまは一同を見渡すと、よく通る声で仰せになりました。

「将軍家の世継ぎを決めた。よくよく聞いて、揺るぎなきよう、皆で世継ぎを盛り立てよ」

そして竹千代さまに目を留められました。

「世継ぎは、竹千代じゃ。今後、すべての武家は、代々、長男に跡を継がせよ」

意外な結果に、一同が息を呑みました。

「今後いっさい、家中で誰を世継ぎにするか、争ってはならぬ」

お江の方さまが顔色を変えられました。

「お待ちください。竹千代では世が治まりません」

「黙れッ。わしが考えた末に決めたことじゃッ」

驚くほどの大声でした。そして声の調子を戻されました。

「竹千代は思慮深い。それに不足があれば、周りが補えばよいのだ。竹千代の小姓たちは、先々、老中となって、三代将軍を支えるであろう」

将軍家の長男相続の制度が、決まった瞬間でした。

私は広間から下がるなり泣きました。竹千代さまも正勝や小姓たちも、肩を抱き合って涙しました。

権現さまが、お亡くなりになったのは、その年の四月でした。本当に最後のご決断でした。


お万どの、ちょっと、こっちに来てごらんなさい。そこまでが真如堂さまの境内で、ここからが金戒光明寺さま。こんな小道で繋《つな》がっていることは、ほとんど知られていませんけれど。

この石段を下りましょう。ほら目の前が開けるでしょう。下り切った左手に、大きな石塔がありますね。これは、お江の方さまの供養塔です。これも私が寄進したの。

あら、わかりました？　さすがに、お万どのは鋭いこと。その通り、実は私の父のお墓に来やすいように、ここに供養塔を立てたのです。

先に、こちらにお参りしてから、今、来た小道を逆に進んで、こっそり父のお墓参り。

やはり謀反者の家臣だから。そんなことを、お江の方さまが知ったら、またおかんむりでしょうけれど。

権現さまが亡くなってからも、お江の方さまは国千代さまの擁立を諦めきれなくて。竹千代さまと国千代さまの元服を同時にして、おふたりが同格だと印象づけたり。

元服後のお名前は、竹千代さまが家光。権現さまの家康から一文字をいただきました。国千代さまは忠長で、こちらは父上の秀忠さまの忠だけれど、長は、どこから取られたか、お万どのにはわかるかしら。

そう、お江の方さまの伯父上、織田信長さま。僧侶が決めたことになっているけれど、お江の方さまのご意向に間違いありません。

権現さまは短い期間だったけれど、信長さまに臣従されたことがあったから、権現さまを越える意味があったのかもしれません。とにかく大胆な名づけ方でした。

忠長さまは元服後、ご結婚もすぐで、織田家から、まだ九歳の昌姫《まさひめ》を迎えました。信長さまの曽孫《ひまご》に当たる姫君です。

お世継ぎに関しては、権現さまの決定は揺るぎなく、家光さまが二十歳《はたち》で将軍宣下を受けられて、三代将軍になられました。お住まいも、西の丸から本丸に移られました。言葉の障害も、ほとんど消えて、何もかも順調に進んでおりました。

家光さまのご結婚は二十二歳のとき。お相手は、都の関白である鷹司《たかつかさ》家から、二四歳の孝子《たかこ》さまをお迎えになりました。

でも家光さまは、この花嫁がお気に召しませんでした。寝ず番の侍女の話によると、いつまでも、お手がつかないとのこと。

それを聞かれたお江の方さまは、手を打って喜ばれました。

「家光に子ができぬときには、忠長の子を、四代将軍にせよ」

ご自身の夫君にも側室は許さなかったのですから、家光さまにも側室は厳禁。孝子さまと、このままの状態でしたら、子のできようがありません。

そのころ忠長さまが、大幅な加増を受けられました。それまでも甲府で二十四万石の所領をお持ちでしたが、駿河遠江を加えて、五十五万石の大大名になられたのです。

お江の方さまの差金でした。その結果、忠長さまは権現さまの隠居城だった駿府城に入られました。まるで権現さまの跡を継いだかのように。

お江の方さまとしては、忠長さまのお子さまを四代将軍にするための、布石のおつもりだったのでしょう。

私の息子、かつての常磐丸は、元服後に稲葉正利《まさとし》と名乗り、忠長さまに付き従って駿府城に移りました。

家光さまの婚儀の翌年、お江の方さまは、お亡くなりになりました。

さっそく私は、家光さまに側室を勧めてみました。私の侍女の中でも選《え》りすぐりの美女ばかりでしたが、家光さまは首を横に振り続けられました。

私は言葉をつくしました。

「ご両親は、ご側室を認められませんでしたが、将軍家に、お世継ぎができぬのは困ります。遠慮なさらずに、どうかご側室を」

それでも気に入る娘はおりませんでした。

そうしているうちに、家光さまが小姓を手打ちにされるという事件が起きたのです。

私は息子の正勝に事情を聞いてみましたが、小姓に無礼があったとしか答えません。

ちょうど正利が駿府から一時、江戸に戻ってきたので、何か知らないか聞いてみたところ、こんなことを申しました。

「あれは上さまの嫉妬が原因ですよ」

「嫉妬？」

「可愛い顔立ちの小姓で、上さまのお気に入りでしたが、ほかの小姓と馴《な》れ馴《な》れしくしていたのを、たまたま上さまが目にされて、その場で斬り捨てたのです」

私は話が呑み込めませんでした。

「小姓同士で馴れ馴れしくしていただけで、お手打ちに？　いくら、お気に入りとはいえ、それは、あまりにご無体な」

するとと正利は肩をすくめました。

「ただのお気に入りではなく、その小姓は、上さまの男色の相手だったのですよ。上さまの男色は、けっこう知られていますよ。唇のぽってりした可愛い少年がお好みで、歌わせたり、踊らせたりなさるとか」

私は天と地が逆さになるかと思うほど驚きました。孝子さまにお手がつかなかったのも、側室を拒み続けてきたのも、そのせいだったとは。

かつて男色は、武将たちの間では、よくあることでした。戦場には、身売りに来る遊女たちがおりましたが、そんな女を抱けば、たちまち病気をもらいます。ならば小姓を相手にする方がよかったのです。

でも遠征が長くなるにつれ、戦場に側室や妾を連れて行くようになり、男色は消えていきました。子をもうけるのも、武家では大事なことですし。それなのに今さら将軍が男色とは。

念のため正勝を問いただしてみると、不承不承ながらも認め、私は頭を抱えました。

この供養塔を建立したのは、そのころでした。父のお墓参りの意図もあったけれど、お江の方さまの怨念が、家光さまに祟《たた》っているのではと案じたのです。

それでも家光さまは側室を迎えようとなさいませんでした。私は弱気になりました。そこまでご本人がお嫌なら、仕方ないかと。

でも別の問題が生じました。

忠長さまの駿府城に、西国の大名たちが、足繁《あししげ》く挨拶に行くようになったのです。江戸と国許を行き来する際に、かならず立ち寄るのです。いよいよ権現さまの後任のような格好になってしまいました。

すると忠長さまは突然「大坂城が欲しい」と言い出したのです。家光さまは当然、突っぱねました。でも忠長さまは諦めず、父君の秀忠さまにも願い出ました。

使者として駿府からやってきたのは、わが息子、稲葉正利です。そのころには忠長さまの家老を務めておりました。

秀忠さまは正利に向かって、声を荒立てました。

「忠長は増長しているッ。身の程をわきまえるよう、申し伝えよッ」

すぐさま正利は、私のところに泣きついてきました。

「忠長さまは不安なのです。後ろ盾だった母上さまを亡くされて。増長と言われても仕方ありませんが、増長は不安と表裏一体なのです」

もともと忠長さまを溺愛されていたのは、お江の方さまだけで、父君はさほどではなかったのです。実は秀忠さまも子供のころから内気で、家光さまのお気持ちが、わかっておいでだったとか。ただ、お江の方さまに頭を押さえつけられていただけなので、秀忠さまは一転、家光さま寄りになりました。

忠長さまは忠長さまで、そんな父親の気持ちが読めていたそうです。もともと兄の家光さまに嫌われているという自覚があったところに、母親が亡くなって、父親にも味方してもらえない。その結果、たまらなく不安になったのだと、正利は申します。

「それで気持ちが追い詰められて、幼な子が親に駄々をこねるように、大坂城が欲しいと言い出されたのです。私は、お諫《いさ》めしたのですけれど」

父親の愛情を確かめたかったのかもしれません。

まして忠長さまにも、お子さまができません。亡きお江の方さまの期待に応えられないことも、いよいよ不安に拍車をかけたようです。

私は家光さまの繊細さを、以前から承知していましたが、忠長さまも実は繊細だったのです。とても難しいご兄弟でした。家光さまの男色も、ご兄弟の確執のせいではないかという気がしました。

家光さまは、どんどん疑い深くなっていきました。

家光さまが都に向かうことになった際に、行列が渡りやすいようにと、忠長さまは駿府近くの川に船を連ねて船橋を架けられました。でも、それを事前に幕府に届け出なかったと、落ち度としてとがめました。

忠長さまが駿府城下で武家屋敷を増築するため、寺社を移転させようとしたことも、お気に召しませんでした。

挙句に駿府城下の浅間《せんげん》神社の裏山で、神獣の猿を狩ったとして激怒されました。

これに対して、また正利が江戸まで弁解に走ってまいりました。

「浅間神社の猿が増えすぎて、農家の作物を荒らすので、数を減らしたのです。神獣だということも、駿府では誰も知りません」

私も家光さまを、お諫めしました。

「もう少し大目に見て差し上げても、よろしいのではございませんか」

「いや、忠長は謀反をたくらんでいる。駿府城に機嫌をうかがいにいく西国の大名たちと手を結んで、兵を挙げようとしているのだ。そのために大坂城が欲しいと言い出したのだ」

「あれは忠長さまが不安なせいで」

家光さまは私の言葉をさえぎりました。

「お福、そなたまで忠長に味方するのか。忠長が失脚すれば、そなたの息子の稲葉正利までが、失脚するからであろう」

私は猛烈に腹が立って、思わず言い返しました。

「私は息子ふたりを、将軍家に捧《ささ》げたつもりです。主筋が失脚すれば、家臣も失脚するくらい、最初から覚悟しています」

「そうか。それなら、すまぬが息子の命はないものと思え。謀反の芽は摘《つ》まねばならぬ。お祖父さまが大坂城を攻めたように」

私は船橋だの、寺社の移転だの、神獣の猿だのと、家光さまが言いがかりをつけた意味に、そのとき初めて気づきました。

家光さまは、大御所さまが大坂の陣の前に、豊臣家に言いがかりをつけたことに、倣っていたのです。大御所さまに対する敬愛が、妙な形で出てしまったのでしょう。

忠長さまの方も、いよいよ不安定になって、小姓や駕籠《かご》かきを手打ちにするなど、乱行が聞こえてきました。

すると秀忠さまが忠長さまを勘当し、続いて家光さまが、甲府での蟄居《ちっきょ》をお命じになりました。

忠長さまが甲府に移ってまもなく、秀忠さまが倒れました。お父上の危篤の報を聞いて、忠長さまは駆けつけたいと願い出ましたが、かなえられませんでした。家光さまが二十九歳、忠長さまが二十七歳になられた一月のことでした。

秀忠さまの死後、忠長さまは所領を、すべて没収されて、高崎の大名家に預けられました。家老だった正利も改易の憂き目をみました。もはや主従ともに、切腹は避けられない事態となりました。

そんな最中《さなか》、私の上の息子、稲葉正勝が血をはいて倒れたのです。吐血は止まらず、たちまち弱っていきました。それでも力を振り絞って登城し、家光さまに対して、弟の助命を願い出ました。

「どうやら私は先がなさそうです。そのうえ弟まで死んだら、母が嘆きます。どうか弟の命ばかりは、お助けください」

結局、忠長さまは、家光さまから切腹を命じられ、高崎の寺で果てられました。

その、ひと月ほど後に、正勝は大量吐血の末に、三十八歳で亡くなりました。正利の方は、切腹はまぬがれたものの、熊本の大名家に罪人として預けられ、今も許されぬままです。


でも家光さまは悔いを引きずりました。実弟を死に追いやったことが、ご本人にも思いがけないほど重かったのです。

毎晩、うなされる様子を拝見して、私は、おなぐさめ申し上げました。

「権現さまですら、ご正室の築山どのや、ご長男の信康さまを、死に至らしめました。どうしても必要だと判断された結果なのですから、今さら悔いられますな」

「何を申すか。悔いてなどおらぬ。断じて悔いてなどおらぬわ」

そう言う端から、握りしめた拳がふるえるのです。

そのころ私は家光さまのお供として、また都にまいる機会がありました。その際に、この金戒光明寺さまに寄って、忠長さまの供養塔を建立したのです。

ほら、これがそうですよ。お江の方さまの傍《そば》にある、この石塔です。お江さまのほどは大きくはないけれど。

忠長さまのお墓は高崎にありますが、ここで、お江の方さまに寄り添っていただければ、忠長さまの魂もなぐさめられるのではと、願っています。

家光さまは、ここにはお参りになりませんでしたが、建立をご報告申し上げると、ひとことだけ「そうか」と仰せになりました。

残る課題は、お世継ぎのことだけになりました。このまま家光さまに、お子さまができなければ、権現さまのお孫さまの中から選ぶしかありません。その候補は何人もおいでになるし、また揉めることになりましょう。

それを避けるのが、権現さまが私に託された役目です。やはり、なんとしても家光さまのご実子をと、決意を新たにしました。

都から江戸に戻ったときに、お振《ふり》という新しい侍女が入ってまいりました。大奥での私の補佐役に、高齢の尼がおりまして、その孫娘でした。お振は顔は可愛らしいのに、ばかに上背があり、いかり肩で、娘らしいところが、ひとつもありませんでした。

祖母の尼は申しました。

「女六尺《おんなろくしやく》にでも使ってやってくださいませ」

奥方や姫君方が乗られる女駕籠は、大奥の門の外までは、力のある侍女たちが担ぎますが、その役目でよいというのです。

でも、お振の顔を見ているうちに、ふと思いつきました。男のなりをさせて、家光さまの小姓にしてみようかと。顔が可愛いし、お手がつくかもしれないと考えたのです。苦悩する家光さまを、お慰めできるかもしれません。

そこで、ちょん髷《まげ》を結って、羽織袴《はおりはかま》を着せ、大小の刀を腰に差すと、見事な美少年ぶりでした。侍女たちも騒ぎ出すほどです。

ただ、いくら男装が似合っても、声を出せば、女と知られてしまいます。そこで、こう諭しました。

「けっして口をきいてはなりません」

耳は聞こえるけれど、言葉が出ないということにして、家光さまの小姓の仲間に入れました。

小姓たちには事情を打ち明けましたが、老中たちには、まったく見抜かれませんでした。

そこまで周到に準備した結果、お振は家光さまのお目に留まり、閨《ねや》に呼ばれたと、小姓から知らせがありました。でも、いずれは女とわかるのですから、お怒りを買って、お手打ちにでもならないか、私は気が気ではありませんでした。

深夜、小姓が大急ぎで走ってまいりました。ああ、お手打ちになってしまったかと、私は覚悟しました。でも小姓は満面の笑みで申したのです。

「お振どのに無事にお手がつきました」

家光さまは女と気づいて驚きはしたものの、そのまま、ご寵愛《ちょうあい》くださったとのこと。私は飛び上がりたい思いでした。

ただ、なかなか子はできませんでした。それで私は浅草寺《せんそうじ》の淡島堂《あわしまどう》に、お参りに行きました。子授けではご利益のある神社です。

その帰りに、駕籠で町中を進んでいると、きれいな歌声が聞こえてきました。見れば、可愛い娘が古着屋の店先で歌いながら、扇を手にして舞っているのです。古着屋の客寄せでした。

そのとき私は、以前、正利が言ったことを思い出しました。

「上さまは、唇のぽってりした可愛い少年がお好みで、歌わせたり、踊らせたりなさるとか」

私は駕籠を止めさせて外に這《は》い出し、古着屋に駆け寄って、よく顔を見てみました。すると唇がぽってりして、まさに家光さま好みだったのです。

歌と踊りが終わるのを待って、私は娘に大奥で奉公しないかと誘いました。すると奥から母親が出てきて、元は武家の出で、願ってもないことと、その場で話が決まりました。

お蘭《らん》という、いかにも町娘ふうな名前でしたが、お楽《らく》と名を改めさせて、大奥に上げました。

そして今度は奴《やっこ》さんのなりをさせました。いかにも女とわかるものの、余興として、家光さまの前で、得意の歌と踊りを披露させたのです。

すると、いたくお気に召されて、そのままお手がついたのです。でも、それから二年経っても、お楽は子を宿しませんでした。

もしや家光さまには、お胤《たね》がないのかと、また暗い気持ちになりました。

その少し前に都の紫衣《しえ》事件が解決し、出羽国に流されていた沢庵というお坊さまが、家光さまのもとに現れました。

もとは父上の秀忠さまが処罰なさったお坊さまでしたが、秀忠さまの逝去の際に、恩赦で出羽から戻ってこられたのです。

いかにも穏和な雰囲気の方で、家光さまは面談を重ねるうちに、初めて人に心を開かれました。そのまま江戸城に留め置き、子供のころから背負ってきたものを、洗いざらい打ち明けられたそうです。

私は、その場にはおりませんでしたが、後で小姓から聞きました。それを機に家光さまは落ち着かれ、威厳が出てまいりました。

そうして、とうとう子ができたのです。宿したのは男装が似合うお振の方でした。もう大奥中が大喜びでした。

生まれたのは元気な女の子。千代姫《ちよひめ》さまと名づけられました。男の子でなかったのは、少し残念でしたが、子胤があるとわかっただけでも、ありがたいことでした。

でも、お振は産後の肥立ちが悪く、寝ついてしまいました。本人は気弱になって申します。

「こんな体たらくで、申し訳ありません」

私は励ましながらも当惑していました。先々、お振には大奥のまとめ役をさせたかったのです。お楽は愛嬌《あいきょう》があるし、歌も踊りも上手だけれど、そこまでの器量はありません。

それに大奥には、大名家の婚姻関係を管理する役目がありますでしょう。どこからどこに輿入れするのかを届け出させ、大奥で許可を与えるのですから、ぼんやりしていては務まりません。

そんなとき千姫さまが、久しぶりに大奥にお出ましになりました。

千姫さまは大坂の落城後、江戸で坂崎の騒動に巻き込まれましたが、その後、桑名の本多家に再縁されて、ようやく幸せをつかまれたのです。

でも数年前に、美男だった夫君に先立たれ、優しい姑《しゅうとめ》さまも見送ったために、江戸に戻ってこられました。

家光さまには姉上さまですし、竹橋《たけばし》にお屋敷を差し上げて、以来、そちらで暮らしていただいています。

千姫さまは、いろいろ誤解されていますが、実はとても面倒見のいい方です。忠長さまが高崎で切腹された後に、残された奥方さまは、千姫さまが竹橋のお屋敷に引き取って、お世話されています。

弟の家光さまの男色の件も、心にかけてくださっていました。そして久しぶりに大奥にお出ましになると、私に耳打ちされました。

「上さまの、お好みに合いそうな尼がいるのだが、還俗《げんぞく》させて、側室に上げてみたら、どうであろうか」

私は驚きました。

「尼僧を還俗？」

「上さまは、少し変わった趣向がお好みであろう。きっと、お気に召すと思う。伊勢の慶光院《けいこういん》という尼寺の、若い住職じゃ」

千姫さまは、桑名の本多家に嫁ぐ際に、前夫の豊臣秀頼の書かれた短冊を、捨てられずに、お持ちだったそうなのです。それを伊勢の慶光院という本多家ゆかりのお寺に、お納めしたとか。

その慶光院のご住職が代替わりして、新しくご住職になった方が、江戸まで挨拶に来られたというのです。千姫さまは、短冊を納められて以来、毎年、ご寄進を続けておいででした。

慶光院は格式の高いお寺で、都で高位の公家の娘が、住職に入るのが決まりでした。今度のご住職も、もとは六条家の姫だったとか。

そんな身分と教養があるし、先々は大奥を取り仕切れると、千姫さまは太鼓判を押されたのです。

さっそく私は竹橋のお屋敷にお邪魔しました。お目にかかって息を呑みました。色白でお美しく、それでいて、唇がぽってり。まさに家光さまのお好みでした。

話してみると、千姫さまの仰せの通り、教養もあるし、尼寺の住職になるだけのことはあって、しっかりした人柄でした。もし家光さまのお手がつかなかったとしても、先々まで大奥を束ねていかれると、私は見込んだのです。

くどくど説明する必要はありませんでしたね。それが、お万どの、そなたですもの。

さっそく千姫さまと一緒に、家光さまにお目通りしたところ、明らかに心惹《こころひ》かれたご様子でした。まばたきが増えて、不自然に視線を外したり、また戻したり。そのうえ久しぶりに言葉が出にくくなりました。

「よ、よく来た。え、江戸で、ゆるりと、していくがよい」

御前から引くなり、私は千姫さまに、お願いしました。

「しばらく江戸で芝居見物でも、船遊びでもなさって、伊勢のお寺に返さないでくださいませ」

すぐに都に急ぎました。

私は、その十年も前に、春日局の名前をいただいていましたし、都の公家衆には顔が利きました。将軍家から天皇家に嫁いだ和子さまにも、お口添えいただいて、そなたの実家である六条家に頼みました。

「どうか還俗させて、大奥に奉公させてくださいませ」

六条さまでは、とうていお断りになれる話ではありませんでした。

ご実家の承諾を得ると、お父上に同行していただいて、伊勢の慶光院さまに行き、同じお願いをしました。

手荒なやり方でしたけれど、都でも伊勢でも、たいへんなお金を使いました。その結果、慶光院さまからも、ご承諾いただいたのです。

江戸に戻って、そなたに伝えました。

「もう伊勢には帰れません」

そなたは驚いて泣きましたね。でも女ですもの。美しい着物や、お化粧や、お芝居や、美味《おい》しいものや、そんな楽しさに心を動かさないはずは、ありませんでした。

家光さまの閨に上がると、すぐに、お手がつきました。

長く産後の肥立ちが悪かったお振が、危篤に陥ったのは、それからほどないときでした。千代姫さまは四つになっており、枕元に生母を見舞いました。

私は、お振に心から礼を言いました。

「お振、おまえのおかげで、将軍家の未来がひらけた。千代姫さまは、しっかりと大奥で育てます。私は歳だけれど、これからは、お万の方が面倒をみます。何も心配はない」

するとお振は、かすれ声で申しました。

「お役に立てて、嬉しゅうございます」

それが最後の言葉でした。

踊り上手なお楽の懐妊がわかったのは、それからまもなくでした。そして月満ちて生まれたのは、元気な男の子。つけられた名前は、そう、竹千代さまです。

家光さまは、生まれたばかりの竹千代さまを抱かれて、涙ぐまれました。私も泣きました。

ここまで来るのに、どれほどの山を越えたでしょうか。合戦に勝ち抜くのと変わらぬ苦労だったと、今では胸を張れます。

それに今年は別の側室が、家光さまのご次男を産みました。これで将軍家は代々、無事に続きましょう。

今日は、お江の方さまの供養塔に、そのご報告に来たのです。忠長さまには犠牲になっていただいたけれど、その人柱のおかげで、この先、将軍家は末代まで安泰です。

もうひとつ、この金戒光明寺さまのことを、教えておきましょう。ここは普通のお寺とは少しおもむきが違って、城がまえになっているの。

建物は、とてつもなく大勢が寝泊まりできるし、本堂前の広場も、いちどに大勢が集まれます。そこから下る石段は横幅が広くて、下の門から入ってきた敵を、いっせいに上から攻撃できます。

門の外に出れば、突き当たりや鉤《かぎ》の手の道が多いのですよ。都では碁盤目状で、まっすぐ見通せる道ばかりでしょう。でも、この周辺だけが違うのです。

突き当たりや鉤の手は、城下町に多い道です。敵が攻め込んできたときに備えて、わざとわかりにくくしてあるのです。

金戒光明寺さまは昔からあるお寺だけれど、権現さまが生前、そんなふうに造り変えられたのです。都に変事が起きたときに、軍勢を入れようと想定されたのでしょうね。

本当に、何もかも周到な方でした。

お万どの、次は一緒に日光にまいりましょうか。東照宮に祭られた権現さまに、こんなふうに、ご報告しましょう。

お福は六十五歳のこの年まで、権現さまから、お命じいただいた通り、将軍家の安泰に力をつくしました。後は、このお万の方が引き継いで、次の代へと伝えます、と。

さぞや、お喜びいただけることでしょう。


会津藩《あいづはん》が幕府方として千人にも及ぶ軍勢を、金戒光明寺に入れたのは文久《ぶんきゅう》二年。幕末の動乱の最中だった。

徳川家康が城がまえに造り変えてから、ほぼ二百五十年後のことであり、それまで日本には、世界史の中でも類がないほど、長く平穏が続いたのだった。

# 解説

西條奈加

徳川家康は、何故《なぜ》か人気がない。たぶん派手さに欠けるためであろう。

織田信長は、数万の敵をわずか数千の兵力で破るという桶狭間の戦いをはじめ、破竹の勢いで戦国乱世を駆け抜けた。比叡山延暦寺で数千人を、一向一揆では二万人の門徒を焼き討ちと、エピソードもいちいち派手だ。

豊臣秀吉もまた、負けてはいない。出自は農民とか足軽とか諸説あるものの、とにかく下々から身を起こし、遂には天下統一を成し遂げた。墨俣《すのまた》の一夜城や中国大返しなど、やはりエピソードには事欠かず、金の茶室をはじめ本人の嗜好《しこう》も派手に尽きる。

そこへいくと家康は、何とも地味だ。家康ときいて、まず最初に思い出すのは、関ヶ原の合戦ではなかろうか。家康はこのとき五十九歳。その後、江戸幕府を開き、豊臣を滅ぼすのだが、それ以前は何を？　と問われると、これといって浮かばない。

信長のような颯爽《さっそう》とした、あるいは残酷非道な物語も、秀吉のような機転やキンキラキンの趣味も、家康にはほぼ皆無である。

まさに質実剛健――飾り気がなく真面目で、強くしっかりしていることと、広辞苑に書いてあるが、これを体現しているのが家康と言える。

地味で質素で堅実であるからこそ、秀吉に次いで天下統一を果たし、さらに二百六十五年の長きにわたって続く幕府の礎を築いた。

右記の男性陣を、女性の立場から見てみよう。異性として魅力があるのは、信長の危なっかしさや格好よさ、秀吉の人好きのする性質やまめまめしさではなかろうか。

しかし生涯の伴侶とするなら断然、堅実な家康に軍配が上がる。

家康のような男の傍《そば》にいれば一生安泰――のはずなのだが、そうはいかない。

それがこの、『家康を愛した女たち』に描かれている。

愛といってもさまざまで、祖母や母としての愛もあれば、孫が祖父を思う愛もある。主君を慕うのも愛であり、もちろん夫婦愛もある。

祖母の華陽院、正妻の築山殿、母の於大の方、秀吉の妻・北政所、側室の阿茶局、孫の徳川和子、そして三代家光の乳母である春日局。

七人の女がそれぞれの愛情を抱き、それぞれの視点で捉えた家康を独白体で語る。ここに本作の妙と仕掛けがある。家康というよく知られた存在だからこそ、年表の史実を羅列するような活躍ぶりではなく、ふだんは決して表に見せない迷いや悲哀、思いや情愛を描こうとした。それには女性の口を通すのがいちばんだ。こと歴史上において、女は常に奥にいて影のような存在であるからだ。

そして本作は、ある小説をオマージュしている。有吉佐和子著『悪女について』である。

ひとりの女性実業家が謎《なぞ》の死を遂げ、周囲にいた人間がそれぞれの視点で彼女を語り、物語が進むにつれて、彼女の人物像と真相が立ち上がってくる。

有吉佐和子さんは、私がもっとも尊敬する作家のひとりで、大半の作品は読み込んでいる。その話を植松三十里さんが覚えていて、今回、解説の依頼をくださった。

せっかくなので、やはり「悪女について」語ろうと思う。

七人の女性のうち、いちばん強烈なのは、やはり築山殿だろう。

家康の最初の正妻として、十八歳で嫁ぎ一男一女を儲《もう》けるが、今川の血筋を誇る高慢ちきな女で、安西篤子著『男を成功させた悪女たち』によると、夫の寵愛《ちようあい》を受けた身重の侍女を、裸で木に縛りつけ折檻《せつかん》したという逸話さえある。折檻については真っ赤な嘘《うそ》、作り話であるのだが、嫉妬深い女との悪評はつきまとい、同様の悪女列伝のたぐいには、たびたび登場する。

「悪女」とは、いったい何なのか。どういう括《くく》りで、悪女のレッテルを張られるのか。

鎌倉期なら北条政子、室町期なら日野富子の名前が、まず挙がる。いずれも時の権力者の妻であり、政治に深く関わった。政子は夫や息子が次々に他界して、幼い四代将軍を後見し「尼将軍」と呼ばれ、富子は趣味人で浪費家の夫に代わり、幕府財政を支えた。どちらも賛辞を贈られて然《しか》るべきなのに、表舞台に立つ女は総じて非難を受ける。

では、悪女とは反対の「賢女」とは何か？　こたえは、ただただ夫と家族に尽くし、決して表には立たず、不平も不満も口にせず、目立たず騒がず生涯を終える。男性にとって都合の良い女こそが賢女、すなわち良妻賢母の見本である。

本書の築山殿の章を読むと、その法則が自《おの》ずと浮かび上がってくる。

それまでは睦《むつ》まじい夫婦であったのに、今川が破れると、掌《てのひら》を返すように夫は離れていった。誰だって文句のひとつはぶつけたいし、妻として言う権利はあろう。しかしそれを口にし、感情を露《あら》わにすれば、直ちに悪女と称されて、鬼のような逸話まで創作される。豊かな感情も正直も、本来は長所であるはずなのに、武家も戦国の世もそれを許さない。

実は女性にかぎらず、男性にもこの法則は当てはまる。家康がまさに、体現している。人質としての不遇な少年時代、武将同士の綱引きや駆け引きに翻弄される青年時代。合戦においても、盛大な負け戦を経験する。壮年期に至るまでは、これでもかというほどの苦労の連続で、ただ耐え忍ぶことで凌《しの》いできた。この我慢強さと不屈の精神は、不幸な境遇によって培われたとも言えるが、やはり生まれもっての性質に因《よ》るところが大きい。感情に走ったり脇が甘かったり、あるいは判断を誤って、散っていった戦国武将は数多《あまた》いるからだ。そしてこの法則は、現代においてすら脈々と受け継がれる。

男性は上司に楯突かず、身を粉にして働き、女性は家事と育児の一切を担い、家庭を守る。この常識が見直されてきたのは、ごく最近のことだ。まだ兆しが見えたという程度だが、昔の武家を踏襲した窮屈で不寛容な型枠は、そろそろ外すべきではないだろうか。


築山殿以外の人物も見てみよう。あえて先ほどの法則に則《のっと》って善悪に分けるなら、春日局は悪女側に入ろう。三代家光の乳母として、大奥の基礎を築いた遣手《やりて》だが、行動力もまた、非難の的になりがちである。

また、本書で脇役として登場する女性たちにも、悪女とされる者がいる。秀吉の側室・淀君や、二代秀忠の妻・お江は有名だが、家康の娘・亀姫や、孫の熊姫も、黙って周囲に従うタイプの女性ではなかった。

築山殿と春日局を除く五人は、賢女の側に入るだろう。ただ、彼女たちの人生もまた、安穏とは言えない。人の一生には山や谷があって然るべきだが、自身の生き方を自ら選択できず、家と世上に翻弄されて、水に落ちた木の葉のように流転する。ここには賢女として立ち回った故に、辛苦を口にできない哀《かな》しさが存在する。

美貌に恵まれながら、五人もの夫との離縁と死別をくり返した華陽院。子供たちとの幾多の別れに涙する於大の方。ことに三男・松平康俊の顚末《てんまつ》は、あまりに悲しく優しく、本作中もっとも心に残った。秀吉の妻・北政所は、賢女の代名詞のように言われるが、天下人の妻たる苦労は並大抵ではなかった。家康の側室・阿茶局は、戦陣にまで同伴し家康を支え、帝に嫁いだ孫の徳川和子は、朝廷と幕府を繋《つな》ぐ架け橋となった。

こうして七人の女性たちを並べてみると、不思議なことに気づかされる。

悪女だろうが賢女だろうが、正室だろうが側室だろうが、物思いの種は存外似通っている。夫の心変わり、子育ての苦労、嫁と姑《しゅうとめ》の諍《いさか》いと、もとを辿《たど》れば現代と大差がない。

彼女たちの悩みは、家族に根差しているからだ。

徳川家康も、偉大な天下人としてではなく、あえて家族の中に置いたからこそ本書は価値がある。祖父母、両親、子や孫のために、心を痛め、迷い、時には口を出す。

家庭人としての家康の姿は、やはりどこにでもいるお父さん像に重なる。

植松三十里さんは、二〇〇三年『桑港《サンフランシスコ》にて』で、第二十七回歴史文学賞を受賞されデビューして以来、一貫して史実に基づく歴史小説を書かれており、戦国期から江戸、幕末、そして明治以降の近代まで、扱う時代も広く、二〇〇九年には『群青　日本海軍の礎を築いた男』で第二十八回新田次郎文学賞と、『彫残二人』で第十五回中山義秀文学賞と二賞に輝き、実力も折紙つきである。

私もまた植松作品のファンであり、前述したとおり史実へのスポットの当て方が秀でていることに加え、何よりも端正な文章が心地良くてならない。

そして植松さんは、気のおけない友人でもある。十数年来のつき合いで、すでに呑《の》み友達と化しているが、「神田へＧＯ！」が最近のトレンドだ。

本書の刊行作業が終わった頃に、また神田の居酒屋で一杯ご一緒したい。それが何よりの楽しみである。

（さいじょう・なか　作家）

本書は、集英社文庫のために書き下ろされた作品です。

植松三十里の本

## リタとマッサン

リタは、ウイスキー醸造を学びにイギリス留学中の竹鶴政孝と出会い愛し合うようになる。猛反対を押し切って国際結婚し、来日。異国の地で、献身的に夫を支えた英国人女性の生涯。

植松三十里の本

## 会津の義

幕末の藩主松平容保

松平容保は家老たちの反対を押し切って京都守護職を拝命するも、薩長から朝敵の汚名を着せられて……。幕末から明治維新の動乱期、信義を貫いた誇り高き武士の生涯を描く。

集英社文庫

植松三十里の本

# レイモンさん

函館ソーセージマイスター

大正末期、函館。ソーセージ職人のドイツ人レイモンと旅館の娘コウは、肉食習慣なき日本で、健康で平和な暮らしを実現すべくソーセージ作りに奮闘。夫婦の愛と信念を描く感動作。

植松三十里の本

徳川最後の将軍

## 慶喜の本心

敵前逃亡の暗君か、それとも国の未来を拓いた英雄か。最後の将軍として、最悪の評価を覚悟しながら、最良を模索し続けた慶喜。聡明で孤独な男の知られざる真実に迫る幕末小説。

集英社文庫

家康《いえやす》を愛《あい》した女《おんな》たち

2022年11月25日　第1刷　　定価はカバーに表示してあります。

著　者　植松三十里《うえまつみどり》

発行者　樋口尚也

発行所　株式会社　集英社
東京都千代田区一ツ橋2-5-10　〒101-8050
電話　【編集部】03-3230-6095
【読者係】03-3230-6080
【販売部】03-3230-6393（書店専用）

印　刷　図書印刷株式会社

製　本　図書印刷株式会社

フォーマットデザイン　アリヤマデザインストア　　マークデザイン　居山浩二


ISBN978-4-08-744456-8 C0193